西尾維新

NISIOISIN

第六話　おうぎライト

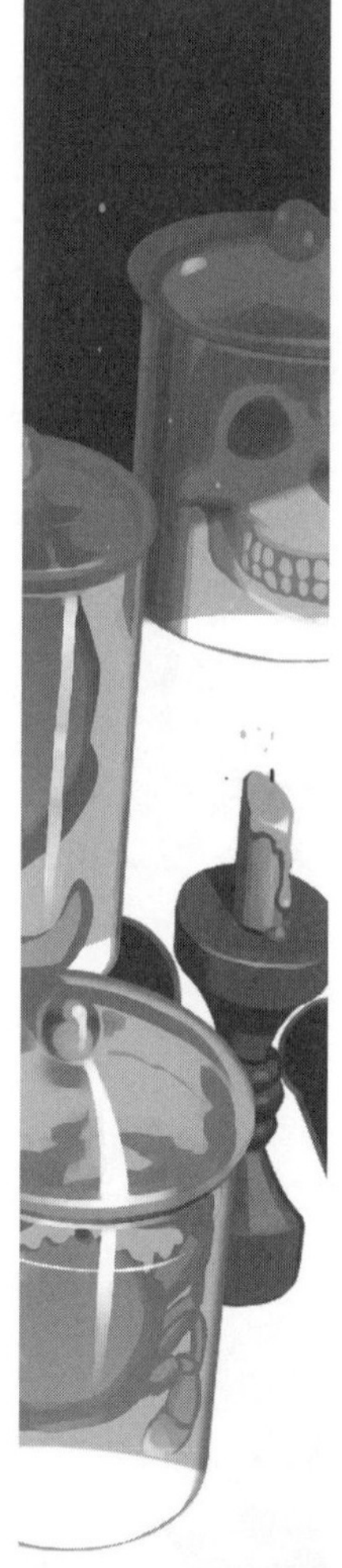

BOOK&BOX DESIGN
VEIA
FONT DIRECTION
SHINICHI KONNO
(TOPPAN PRINTING CO., LTD)
ILLUSTRATION
©VOFAN
本文使用書体：FOT- 筑紫明朝 Pro L

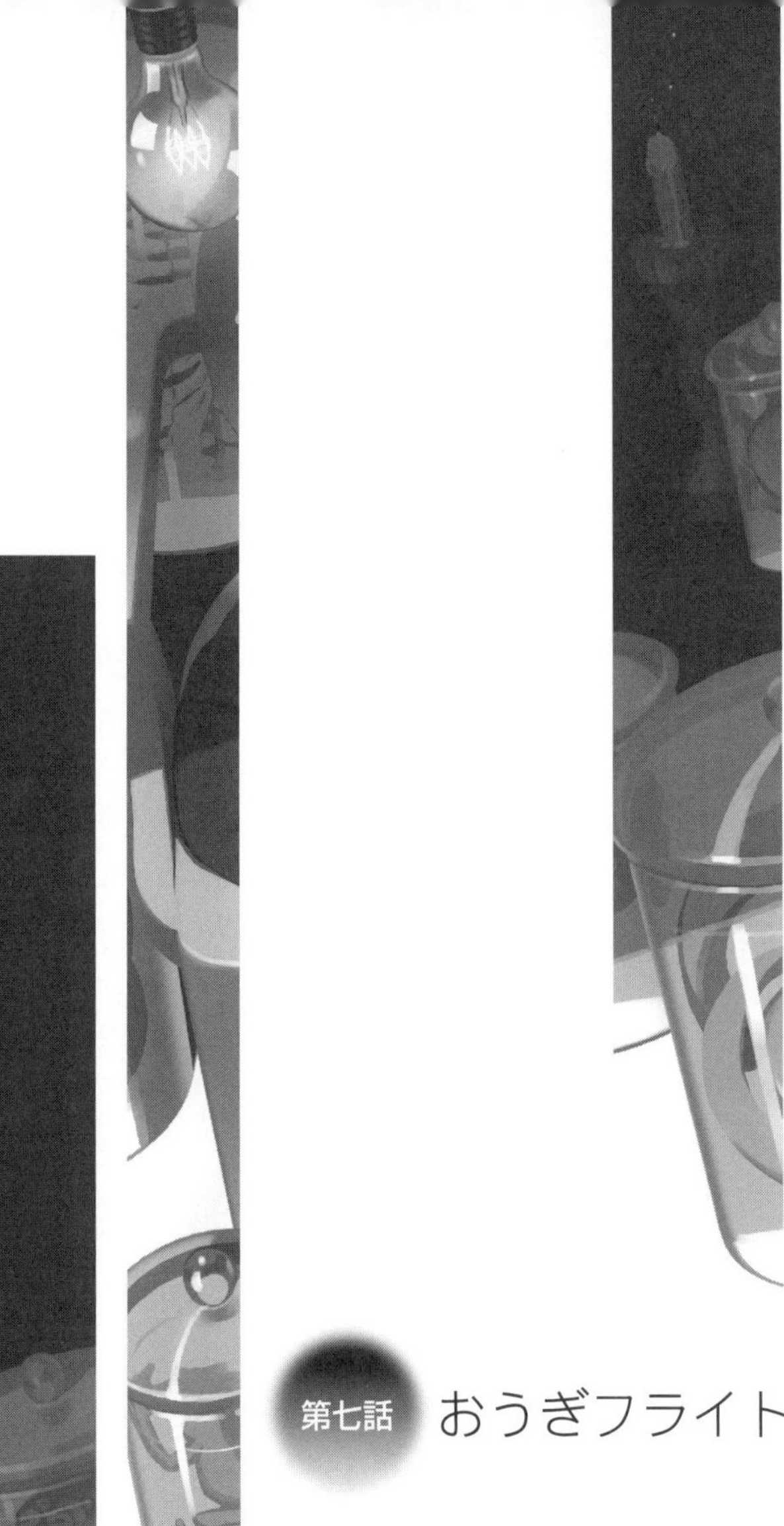

第七話　おうぎフライト

第六話　おうぎライト

OSHINO OUGI

001

上洛落葉が、言ってしまえばこの騒動の発起人だったわけだけれど、しかしそんな真相にいまだにしっくり来ないというのが、僕の実感である。腑に落ちないどころか、喉を通らない。熱さも冷たさも、喉元を過ぎない。いつも通りの流れなら、この前説で彼女に関する特記事項を列挙して、いい感じに盛り上げたいところなのだけれど、上洛落葉に関してだけは、何を書いていいのか、何を書くべきなのか、または何を書きたくないのか、見当もつかない。

特記事項がないからだ。

特に記すことがない。

特にじゃなくとも、記すことがない。

原稿用紙が埋まらない。

ここだけの話、僕は、いや、僕達は、面白い人間を面白がるし、興味深い人間に興味を持つ——奇人変人を狂おしく思うし、異常な人を異常に恋しがるし、天才が好きで、馬鹿を愛する。

特別な人間を、特別に感じる。

書き記したいと願う。

上洛落葉は、そうじゃなかった。

文房具を振り回す令嬢ではないし、噛みついてくる迷子でもなく、手の届かないスーパースターでもなく、可愛いだけの中学生でもなく、委員長の中の委員長でもない。

彼女は上洛落葉だった。

もちろんことの原因であり、また元凶でさえあった彼女を突き止めるにあたって、いわゆるプロフィールみたいなものを把握するに至ったが、その情報の薄さゆえに会うのに時間を要したと言うよりも、それがぜんぜん違う内容でも、特に事態に変化はなかったように思う。

　こんな展開は前例がない。

　と、言いたいところだが、今までもこんなことは、わんさかどっさり、たんまりとあったのだろう……、きっと注意力散漫な僕が気付いていなかっただけで。彼女以外にも、彼女のような人間はいるのだから……、大量にいるのだから。

　無量大数にいるのだから。

　真犯人であり、凶悪犯だった彼女は、なんなら彼女である必要はなかった――違う誰かが首謀者でもよかった。彼女は彼でもよかったし、誰でもよかったし、いっそ僕でもよかった。

　むしろこう考える……、不思議だ。

　どうして僕じゃなかったのだろう？

　怒りがないわけじゃない――僕の周囲を散々かき乱した彼女に対して、頭に血が昇らないわけじゃ決してないが、その怒りに身を任せるには、あまりにもそれは、誰の身にも起こりうる事態だった。

　否。

　誰の身にも起こりうるミスだった。

　だから――許さねばならないのだろう。

　どれほど広範囲に甚大な被害を及ぼし、未来に禍根を残し、原状回復の不可能なダメージを与えたのだとしても、その悪意のない罪を、僕達は許さねばならないのだろう。

　たとえ彼女が、一言も謝らなくっても。

002

「私は謝らない。一言も謝らない。

「手をつかない。膝をつかない。

「頭を下げない。

「罪を償わない。許しを乞わない。罰を受けない。

「だって私は正しいんだもの。私は間違っていないんだもの。誰がなんと言おうと、誰に怒られようと、誰に叱られようと、理は私にあるんだもの。

「謝ったら負けだもの。

「私は負けたくない。だから謝らない。

「だけど、じゃあ、謝らなかったら、私の勝ちなのかしら？　とてもそうは思えない。少なくとも、爽(そう)快感(かいかん)はないわね。

「不快ですらある。

「そういう意味じゃ、将棋の棋士っていうのは、すごいと思うわ——あの卓抜した能力を差し引いても、リスペクトせずにはいられないわね。彼ら彼女らは、他人を尊敬するという感情を教えてくれる。だって、謝罪とは違うけれど、あれってもう盤面に勝ち目がなくなったとき、『負けました』とか『ありません』とか、自ら口に出してはっきりと、敗北を認めなくちゃいけないって、慈悲のないルールがあるんでしょう？

「卓抜しているだけに、屈辱的よね。

「名人や有段者であることも無関係に。

「ゴルフのことを、審判のいない紳士淑女のスポーツと言うけれど、将棋もなかなか捨てたものじゃないわよね——と言っても、私だったら捨て鉢に、将棋盤を引っ繰り返しちゃうわね。

「負けを認められないわ。

「逆に言えば、負けたと思わなければ負けではないように、自分が悪いと認めなければ、自分は悪くないのかしら。

「謝らなかったら、勝ちではないかもしれないけれど、謝らないことによって、私は悪になることを、拒否しているのかしら——だとすれば、我ながら、潔癖よね。

「潔癖であり、潔白よね。

「やっぱり私は無実なんだわ。

「実がないんだわ。

「潔癖症の人間ほど部屋が散らかるみたいなものかしら。

「私の部屋は綺麗なほうだけれど——もしかしたら

そんな棋士もいるのかしらね。

「自ら負けを認めるくらいだったら、どんな王手をかけられても、むっつりと黙り込んで、時間切れ負けを狙うような負けず嫌いも――もしいたら、きっと批難囂々でしょうけれど、私はそういう者に共感するわね。

「者って。

「笑っちゃうわね、自分で言って。

「ともあれ、能力や立場のある人間が、俯いて、項垂れる姿を、衆目に晒される――対局の生中継なんて、企業や政治家や芸能人の謝罪会見にも似た、残酷ショーよ。

「戦国時代なら智将になれたであろう偉大なる棋士が、精神的に屈服する様子を見たくて、テレビで観戦している将棋ファンも、きっと少なからずいるのでしょうね。

「いない？

「そんな性悪はお前くらいだ？

「あらそう。

「失言だったわね。馬脚を現しちゃったかしら。

「でも、私は謝らない。

「謝るのはあなたのほうよ――阿良々木暦」

003

「物語には――」

言いかけて、命日子は「違った違ったー、物語じゃなくてー」と訂正する。

「物事には表と裏があるって言うけれどー、これって実際のところはどんな具合なんだろうねー？　表の中に裏があるのかなー？　それとも、裏の中に表があるのかなー」

その謎かけならば、わざわざ訂正しなくとも、『物事』は『物語』のままでも何ら問題なかったように思われるが、どのみち、深い意味を含む哲学的な疑いを、命日子は僕に投げかけてきたわけではないのだろう。国立曲直瀬大学構内における僕の唯一の友人である食飼命日子は、そういう女子大生ではないのだ。

深い意味、などというものとは無縁である。

さりとて浅いかと言えばそういうわけでもない……、彼女の流儀にのっとって言うならば、深い無意味を好んでいる。

それにしても、高校生の頃の僕、阿良々木暦を知っている方々からすれば、僕に友人ができたというのは、僕に子供ができたに匹敵するくらいショッキングなニュースかもしれないけれど、僕は僕でショックを受けている。

友達はいらない、人間強度が下がるから——と突っ張っていた自意識から、恥ずかしながら恥を知って改心し、生まれ変わり、真っさらに更生したはずの僕なのに、それでも大学入学後、約九ヵ月が経過して、なんと未だフレンドがひとりしかできないとは……、普通、スマホゲームをやっているだけでも、もうちょっと友達はできる。

命日子とは入学直後に友好条約を結んだので、おっとこりゃあ大学時代の僕は一味違うぜと思っていたけれど、あにはからんや、寸分違わず同じだった。微増も微増、見様によっては激減すらしている。伝統の味を頑固に保持した、僕の孤立主義はびくともしない。

一応、構内でだけ会う友人ということならば、学籍を有しない孔雀ちゃんがいるのだけれど、彼女をフレンドに数えている時点で、尚更、成長が垣間見えないと言ってよかろう。

減殺と言ってもいい。

ちなみに、幼馴染の老倉ちゃんとは、現今、絶交中である。まったく、相変わらず怒りっぽい奴だ、手のかかる。僕がアパートの隣の部屋に引っ越してきたくらいのことで。

あの短気さはどうにかしてあげなくちゃいけない。僕が。

それはともかく、唯一の友人の疑問に答えよう。唯一なんだから。

友達を大切に。人間として。抱える哲学が、すごく当たり前のスローガンになったが、後期試験のテスト対策を、学食で練っている最中に投げかけられてきた、謎の問いに返答しよう——問いが謎なのは当たり前だが。

「表と裏？　ああ——」

僕は、謎めくことを生業としていた高校時代の後輩をほのかに思い起こしながら、考える……、なんだって？　表の中に裏があるのか、裏の中に表があるのか？　なるほど、表の裏が裏なのか、裏の表が表なのかと問うてないところが、この二択の味噌なんだろうな。

頭脳の回転を感じるぜ。

「裏の中に表があるんだろ」

僕は解答した。この解答で単位がもらえるなら、こうして試験勉強なんてしなくていいのに……、しかし僕の人生は、女子から勉強を教えられてばかりだな。

「ふむふむー。その心はー？」

「漢字で書けばって心だろ。裏って漢字の中には、表が含まれているから」

つまり、『亠』＋『口』＋『表』＝『裏』。

書き順はぜんぜん違うが、そういうことだ。

裏口に蓋をして——表か。

「正解ー。どんどんぱふぱふー」

惜しみなく拍手をして、囃し立てる命日子。

僕からすれば、お前こそよくそんなことに気付いたなと言いたいところだが、暗号学を専攻するために数学科に入学した変わり種にしてみれば、この程度の設問は、初歩の初歩なのかもしれない。ミステリー風に言うなら、江戸川初歩だ。

そういう点が、いかにも僕の唯一の友達って感じではあるものの、なんだかテストされたような気もする。試験対策中に。

心理試験かな？

「いやいやー、本気で称賛しているよー。ノートに書きもせずによくわかったねー、暦ちゃんー。頭の中にホワイトボードがあるんだねー」

「ふっ。伊達に暦ちゃんは、小学生の頃、イモ掘りロボットのゴンスケと呼ばれていたわけじゃないのさ」

六百年生きた吸血鬼ならばいざ知らず、『21エモン』が同世代の女子大生に通じるかどうかは非常に危うい賭けだったが、命日子は「あはははははー」と笑った。

まあ、こいつは何を言っても笑うのさ。

ゆえに僕もスリルを求めてしまう。

「emojiだねー。確かに暦って漢字、ロボットっぽいー。羨ましいなー」

「名前がロボットっぽくてよかったことは、一個もないけれどな」

「いいじゃんー。わたしなんて命日子だよー。毎日が命日だって思いながら生きているものー。命日がいっぱいー」

manyな。

どちらかと言えば命日子よりも、食飼という名字のほうが独特だが、以前聞いたところによると、そちらはハムスターっぽいのでお気に入りだそうだ。その昔、ハムスターを飼っていたとかなんとか……、それだって、食飼という名字だから犬猫ではなくハムスターを飼ったのではないかという疑念を拭いきれない。

卵が先か、玉子が先か。

字面へのこだわりが半端じゃないのだ。

実際、これまでの人生、表という字も裏という字も、無数に書いてきたけれど、僕はそんなことを今日の今日まで考えたこともなかった。これからはそれぞれの漢字を書くときに意識せざるを得ない……、人生観を、人生そのものを変えられたと言っても大袈裟(おおげさ)ではなかろう。

いや、大袈裟ではあるんだけれど、そういう意味じゃ、いかにもの逆で、もにかい、国語は苦手教科である僕と、こいつはよくも仲よくしてくれるもんだ……、もっとも命日子の場合は、友達が僕だけということは断じてなく、かなりの分厚さの交遊録を誇っている。

二十五のサークルを掛け持ちしているそうで。

サークルが二十五あるってことが、僕にとっては驚きだぜ。

みんな、そんなにしたいことがあるの？

高校時代の僕の学友には、あまり見かけなかったキャラクターである……、優等生の羽川(はねかわ)は、あれで決して友達の多いほうじゃなかったし、コミュニケーションの鬼であった神原(かんばる)は、それでも限られた分野に特化していたし。

その女子バスケットボール部だって、爽(さわ)やかに見えて、内実は結構どろどろしていた。ぬかるんで、服についたら取れないくらい。

ただし、このたびの『表と裏』の問題に関しては、必ずしも字面にのみこだわっての出題だったわけではなかったところが、まだまだ食飼命日子は奥が深い。

根が深いとも言える……、根深い無意味だ。

「物語にはー、じゃなくてー、物事にはー、表があれば裏があるって言うけれどー、実際には裏の中に、表が含有されているんだよねー」

命日子はそう続けたのだ。

僕にＡＢＣ予想の講釈を施すのではなく。

「対義語の非対称性についてー、ここのところよく考えるんだよねー。上の反対が下とは限らないしー、右の反対が左とも限らないしー、前の反対が後ろとも限らないしー、賛成の反対がアルカリ性とも限らないよねー」

「最後の、なんだかこんがらがってないか？」

「被害の反対が加害とも限らないよねー」

そう言って、ちらっと僕を、意味ありげに見遣る。見遣ると言うか、アイコンタクトを送ってくる。肝はここだぞと言わんばかり。その視線を無視することは、友人としてなかなか難しい。

肝試しのタイミングだ。

幸い、被害とか加害とか、その辺の用語については、僕も十九年にわたって、考察を深める機会に恵まれてきた。十九年と言うか、近年は見舞われてきたと言うべきかもしれないけれど、ともかく、アロハのおっさんによくよく、手厳しく糾弾されたものである。

被害者面が気に食わないと——しかし、被害と加害の非対称性とは、なんだか複雑なことを言ってやがる。

『者』が入ってないだけに。

上と下とか右と左とかは、そりゃあ相対的な、鏡に映せば引っ繰り返ってしまうようないい加減なものだというのはわかりやすいけれども、被害と加害は、完全対称なんじゃないのか？

加害者が見様によっては被害者とか、『者』を込めれば、きっとそんな意味なのだろうか……、負の連鎖と言うか、そうなると、字面はもう関係なく、社会的な命題となる。

表の裏は裏だけれど、裏の裏は、裏？

表裏一体とは言うものの、硬貨の表と裏は、固定されているからこそのコイントスであって……、そこがヘッドとテイルが繋がったウロボロスのようにこんがらがっては、いつまでたってもアメリカンフットボールの試合が始まらない。

アメリカンフットボールなんてしたことがないけれど、ともかく、話が始まらない。話も、物事も、物語もだ。

よし、アイコンタクトに応じよう。

本来ノールックで応じてもいいパスだし。

「命日子、何かあったのかよ？　相談にならいつでも乗るぜ。僕はそういう男だから」

「そうだよねー。暦ちゃんはそういう男だよー。頼りになるよねー」

　おどけたところをすんなり飲み込まれると、始末に困るな。ワンテンポずれる。そういう男だと自分を思っている男だと思われてもずれる。そもそもこういう安請け合いが、高校時代の僕を苦境に追い込み続けて来たのだし、大学生活でもそれは変わらないと言うのに、ほとほと懲りない奴である。そういう男と言うなら、まさしく僕はそういう男なのである。

　ふたつ返事で身を滅ぼす。

　ふたつ返事で穴ふたつ。

　穴の底で穴を掘っているようなものだ。

「何かあったって言うかー。被害に遭ったって言うかー。わたしの気持ち的にはー、幽霊とか妖怪にー、ばったりー、行き遭ったみたいな感想なんだけれどねー」

「被害に――」

　幽霊に。妖怪に？

　都市伝説。街談巷説。道聴塗説。

　話半分――なんだか懐かしい響きである。

　しかし懐かしんでもいられない。

「……具体的には？」

「具体的にと言うかー、肉体的にと言うかー、わたしねー、なんかねー」

　命日子は、懐かしのペン回しなどをしながら、僕の質問に答えた……、ペン回しと言ってもスタイラスペンを回しているあたり、近代的な女子大生ではあるものの、しかし発せられた言葉は、いかにも暗号学の未来の大家が持ち出してきそうな、酷く古めかしい、酷く艶かしい、そしてただただ酷いそれだった。

「知らない間にねー、夜這いされちゃったみたいなんだよねー」

004

「悪いことをしたら、ごめんなさい。

「当たり前の教育よね。私とて、幼少の頃に、そんな薫陶を受けたことが、ないわけではないわ——担任の先生だったか、それとも、両親だったか祖父母だったか、知らないおじさんだったかに、ちゃんとそう教えられたものよ。

「だけど同時にこうも教わった。

「ごめんで済んだら、警察はいらない。

「……もちろん、警察官一家の長男であるあなたからすれば、異論反論噴出するスローガンではあるでしょう。

「ごめんで済んだら職を失ってしまうことになりかねないものね——もっとも、警察官の仕事が悪人を取り締まることだけだという考えかたも、結構な偏見だけれど。

「警察ドラマでまれに目にする、運転免許試験場に飛ばすぞという上司からの脅し……、あれはさしもの私とて、謝罪に値すると思わずにはいられないわね。

「無茶苦茶大事な仕事じゃない。

「全国一千万人の警察官がみんな、運転免許の交付だけをしている社会って、すごく平和なユートピアじゃない——ん？

「日本に警察官は一千万人もいない？

「十人にひとりが警察官って、この国はモナコ公国かって？

「いいじゃない、モナコ。日本より平和よ。

「もっとも、その素晴らしい治安のよさは、国中に設置された防犯カメラによるところも大きいそうだけれど——防犯。

「犯罪を未然に防ぐのも、警察官のお仕事よねえ

──話が国際的に逸(そ)れちゃったけれども、逸れが、もとい、それが成立するなら、謝罪も必要なくなるってわけ。

「ごめんがいらなくなる。

「御免状の御免──免じて許す、免許かしら。

「もっとも、ユートピアと言うだけあって、これはやっぱり理想論よね──実際には、ごめんで済んだら警察はいらないなんて言われたら、だったら謝らないって、開き直りたくもなるわ。

「ただでさえ謝りたくないのに。

「ますます謝りたくなくなる。

「だってごめんじゃ済まないでしょ？　ならば、謝っても無意味じゃない──いえ、これは結構、一般的な話題でもあるわ。

「謝っても済まないどころか、謝ることで、事態が悪化してしまうケースも、多々あるのだから──経験したでしょう？　そういうケースを。

「ケースバイケースではないケースを。

「自分が悪いと思っているから謝るのか、それとも許してもらうために謝るのか、実際はその両者が相半ばと言ったところなのでしょうね──悪いと思っているから、許してもらうために謝る。

「ごめんで済まないから、すみませんと言う。

「でも、そんなディールが成立しないのであれば、謝罪という妥協をするメリットがないと、そう考えてしまうのは、とても人間らしい性(さが)なのではないかしら。

「メリットとか、ディールとか、そんな打算は謝罪行為にはそぐわないと言うのであれば、廊下で肩がぶつかったり、駅で足を踏んじゃったときに反射的に出る『あ、ごめん』が、もっとも誠意のこもった謝罪ということになるわけよね。

「とは言え、これもこれで真理。

「気軽に謝ってくれたほうが、気軽に許しやすい──正式な謝罪には、正式な容赦が必要とされるもの。

「ふわっとさせておきたくとも、それが許されない。

「人を許すのは、人に謝るのと同じくらい、難しいわよね？

「私は謝らない。

「私は許さない」

005

　僕が持っていたのはスタイラスペンではなく、愛用のボールペンだったけれど（僕はボールペンしか愛せない）、ちなみに不器用な僕はペン回しなんてできなくて、なので普通に持っていたわけだけれど、しかしそのペンを思わず取り落としてしまった――夜這い？

　夜這いって、あの夜這い？

「そうだよー。古典文学の頻出用語だよねー」

「いや、古典文学と絡めることで、語彙のニュアンスを殊更弱めようとしている努力は大枚をはたいて買うけれども――」

　え？　それって大変なことなんじゃないの？

　学食での試験勉強中に、へらへらとカジュアルに言われると、案外そういうものなのかと空気に呑まれそうにもなるが、しかしその実体は、都市伝説なんてレベルじゃない古来の文化風俗だ。現代にそぐわない概念という視点においては、初夜権に匹敵する。

　言葉のチョイスは、数学科随一の超文系らしいと言うか、文学的修辞表現の極みのようではあるけれど……、エンターテインメントの世界がその言葉を面白がっていた時代があることもまた事実なんだけれど、しかし八〇年代ならばまだしも、最近ではどんなヒット漫画においてもめっきり見なくなったパワーワードと言うか、タブーワードである。

「そ、それはもう、僕じゃなくて法執行機関に相談すべき案件じゃないのか……？　付き添って欲しいってことなら、もちろん——僕の両親が警察官だって話、したたっけ？」

「初耳ー」

しまった。さらっと言ってしまった。

いろいろ面倒なので、父母の職業は内緒にしがちなのに——まあいい、将来的に警視庁志望の命日子相手にはいつかは話していたことだろうし、それが今であってていけない理由はない。

今であるべきなくらいだ。

古くなったスマホを機種変するかどうかで迷っている、でももうすぐ新機種が出るかもしれないし、くらいの悩みに乗るつもりで、恐ろしくプライベートな領域に踏み込もうとしてしまっているが、ここで引いた空気を出しちゃいけない。

ハグするべきか？　いや、夜這いの被害に遭った女子を男子の僕がハグするのは、あまり奨励されない気がする。

それにつけても夜這いとは。

前回は児童虐待だし、その前は女児誘拐だし、大学生編に突入して以来、その傾向はどことなく感じていたけれど、アニメが終わって、いよいよテイストが初期に回帰したのか。

よくもまあ抜け抜けと。

「命日子、確か彼氏がいたよな。あの軽音部にはもう相談したのか？」

「軽音部とはだいぶ前に別れてるー。今の彼氏はサークル研究部ー」

「サークル研究部？」

「うんー。知ってるだろうけどー、すっごく格好いいんだよー。一個上の二年生でー、彼と付き合うために軽音部と別れたー」

「…………」

知らんがな。

いかにも何も研究していなさそうな呑みサークルと言った印象だし、相変わらず男女交際が長続きしないようだけれど、それはまあいい。いずれにせよ、こういうとき、支えてくれる誰かがいるというのは心強いはずなのだが、しかし命日子のへらへらした表情は「ただねー」と、そこでわずかに曇ったのだった。

「ただねー。相談はしてないんだよねー」

「ん……、まあ、言いづらいのはわかるし、だから頼れる友人である僕に相談を持ちかけてきたってことなんだろうが」

「暦ちゃんにはどっちにしろ相談していたと思うけれどー、そうじゃなくってねー。相談しようにもねー、できないのはねー、その彼氏がねー、夜這いの犯人でもあるからなんだよねー」

「恋人が夜這い？」

サークル研究部の？

それはいわゆるカップル間でのＤＶみたいな犯罪行為か？　それこそ昔は、太古とは言えないくらい最近の昔は、そういうのは民事不介入扱いで、児童虐待を躾と言っていたように、痴話喧嘩で済まされていたそうだが……、言うまでもなく、現代ではまごうことなき犯罪である。

彼氏であろうと恋人であろうと、配偶者であろうと、夜這いは駄目だ。

交遊の意味が変わってくる。

そりゃまあ、辞書的には、夜這いに犯罪の構成要素はないのかもしれないが、もしもサークル研究部の彼氏が、彼氏だから許されると思っているのであれば、そこも問題として、フォーカスせねばなるまい。壁ドンが許されるのは、やっぱり漫画か、そうでなければ映画だからなのだ。そこをはき違えてはなるまい。

「壁ドンー？」

言葉の専門家的には、もう死語の範疇なのか、命日子は小首を傾げてから、

「あー。そこが複雑なのねー。加害と被害の非対称性がー、まさしくそこなのねー」

と、曇り顔のままにそう言う。

「曇っているのはー、暦ちゃんの目のほうって言うかねー」

「頼れる友人がえらい言われようだな」

曇りどころか雨が降りそうだぜ。

言葉の専門家相手に、捉えられるような比喩の言葉尻を指してしまった僕の落ち度でもあるが、ともかく、命日子は続けた。

「それと言うのもー、わたしは夜這いを許してるからなのよー」

「……ん？」

「夜這いを許してるって言うと語弊があるかなー？　どうかなー？」

変態みたいかなー、と命日子は舌を出したが、しかしかつて変態の後輩とつるんでいた僕に言わせれば、解析の難しいところだ。いや、別に僕は、変態の専門家じゃない……。その評価で相談を持ちかけられたのだとすれば、曇っているのはやはり命日子のほうだ。命日子の目だ。

しかし彼女は、曇りなきまなこのまま、

「そもそも夜這いされたつもりがないのよー。わたしはー」

と言う。

夜這いされたつもり、とは？

「あの夜は、ただ愛し合っただけのはずでー」

「えっと……」

ぼくは周囲に目を配る、曇った目を。

泳いでいる目を。

目を逸らしたとも言える、家族団欒中に見ていたテレビで、突如、お色気シーンが始まったときのように。

昼時ではないのでがらがらにすいている……、第一、その理由でこの空間をテスト対策の勉強場所に選んだのであって、さりとて無人というわけでもない。

ある意味、古めかし過ぎて、ぼんやりとしか意味が通りづらい『夜這い』という用語よりも、『ただ愛し合った』という表現のほうが、真面目な大学生には過激かもしれないので、思わず周りを窺ってしまったわけだが、幸い、命日子の間延びする声は、開けた空間では通りが悪かったようで、僕達は白眼視されてはいなかった。

　今後飛び出してくる専門用語にもよるけれど、とりあえず場所は変えなくてよさそうだと、僕は命日子に視線を戻し、顔を近づけ、ひそひそ声で会話を続行する。

「そう言えば、『知らない間に』って言ってたよな……、あれは『寝てる間に』って意味じゃなかったのか？」

「そうだよー。睡姦されたわけじゃないよー」

「よーし、場所を変えよう、命日子さん」

「ああー、ごめんー、うぶな暦ちゃんにはー、この辺がデッドラインだったねー」

　顔をそむけて席を立とうとする僕を、上着の袖をつまんで引き留める命日子。引き留めかたが可愛いな。対等な友人からうぶ扱いされるのは心外だったが、ひょっとすると『酔漢』の聞き違いだったかもしれないと判断し、僕は座り直した。セカンドチャンスを与えよう。酔漢に夜這いされたのであれば、いよいよもって問題が深部に根付いてくるけれど……。

「僕はただ、将来的にこの物語が青い鳥文庫に収録されるときの心配をしているだけだよ」

　青い鳥文庫なら、どれだけ文学を装っても、『夜這い』からしてNGワードだろうが、僕はそんな釈明をしてから、「つまり、どういうことだ？」と問い直す。

「今の話を整理すると、合意の上で……、ある夜、その、『愛し合った』はずなのに、あとになって、向こうはそれを『夜這いをした』って言い張っているってことかよ？」

「そうー。わたしに被害者のつもりはないのにー、彼クンはー、加害者のつもりなのー」

彼クンって呼んでるんだ……。

知りたくなかったな。

そこだけ切り取ると、痴話喧嘩どころか、あたかも惚気話を聞かされているようでもあるけれど……、なるほど、加害と被害の食い違いか。

ははあ、ようやく筋が見えてきた。

表と裏——だ。

やったほうは忘れても、やられたほうは忘れないなんて言葉もあって、たとえそんなつもりはなくっても——悪意なく、よかれと思ってやったことであっても、被害者がそれを被害だと思っている以上、それは加害なのだという理屈は、一定程度、それも相当程度に成り立つわけで、そんな窮状は、僕も重々経験してきた。

どちらの立場でも、だ。

ただ、今回のこれは、明確に逆パターンである。

被害者がそれを被害だと思っていない、感じてもいないケースにおいては、加害者の加害は、果たして加害として成立するのか？

悪意があろうと。

悪しかれと思ってやったことであっても。

被害者がそれを、被害ではなく恩恵だと受け取っている場合、それは悪なのか？

非がない加害者と被害がない被害者？

相手が怒っていないときに謝れるかどうかというのは、人間が測られているようでもあるが……、これはこれまで、地獄でも悪夢でも、僕が経験したことのないまるっきりの逆説……、否、そうではないのかもしれない。

もしかすると、これって……。

説と言うなら——道聴塗説。

「刑法上で言えば……、親告罪と非親告罪があって……、その手の性犯罪はこないだ、非親告罪になったんだよな？」

「そうだねー。法律はねー。授業で習ったねー。後期試験の範囲になっていたかなー。抵抗しなかった場合はー、強引であっても合意になるって法解釈もあるんだけれどー、そういうアンバランスはー、これからどうなるのかなー」

ちょっとだけ軌道修正と言うか、つかの間、試験対策の家庭教師に戻る命日子。

「どうしてもー、性犯罪だと取り扱いがデリケートになるけれどー、ややマイルドにスライドしてー、これが結婚詐欺だったらどうだろうー？」

「どうだろうー？　って言われても」

言われてもー、だ。

僕にとっては、詐欺もまた取り扱い注意のデリケートな犯罪なのだ……、ぴりぴりしてしまう。だが、リアクションに困るだけで、言わんとすることはわかる。つまり、『やり遂げた結婚詐欺は、果たして詐欺になるのか？』という問題だろう。

吐き通した、突き通した嘘は、本当になるのか？

親が病気だとか事業が行き詰まったとかで、お金を巻き上げ、私生活をしゃぶりつくしたとしても、最後の最後まで騙し切った場合……、ターゲットに卑劣な欺罔を気取られなかったとしたら、被害者は被害者たりうるのか？

逮捕された結婚詐欺師を庇う被害者も、結構な割合で存在するとも聞く……、それを単なるストックホルムシンドロームで済ませるのは、いささか浅薄だろう。

恋は複雑怪奇。

妖怪以上に。

「そうだよねー。男女は逆になっちゃうけれどー、交尾のあとー、雌カマキリに食べられる雄カマキリがー、可哀想なのかどうかって言うのはー、議論の分かれるところなのかもねー」

「そもそもカマキリは、何もなくても共食いするって説もあるけれど……」

「それは雌雄もー、男女も同じかもー」

深いことを言っているようで、これこそが深い無意味の代表例って論法だな。しかし、いつもと変わらぬその調子、その名調子に、うっかりすると『お前が気にならないんなら放っておけばいいんじゃないか?』と、おざなりな、大雑把なアドバイスをしてしまいそうになるけれど、しかしそれでは如何せん意識が低い。

僕ももう高校生じゃないのだ。

意見を持たなければ。

本当に気にならないのならば、命日子も僕に相談を持ちかけたりはするまいし、深刻な悩みごとを、あえて『友達の友達』のエピソードとして語るように、真意を隠してヘルプを求めている可能性も否定できない。たとえば、愛し合ったとは言いながら、なし崩し的に関係を持ってしまったと言うような……、酔漢の勢いじゃなかろうが、雰囲気に呑まれて……、しかしなあ。

以前、幼馴染の老倉育に、児童虐待の専門家として祭り上げられたことがあったけれど(何の恨みがあるんだ)、こと恋愛経験に関しては、パラフィン紙のように薄い知識しか持たないこの僕が、左様な大学生同士の関係性に、どう土足で踏み込んだものか。

こうしてみると、遺憾ながら、警察が民事不介入と言いたがる理由も少しわかる。下手をすればこじれさせてしまって、逆恨みを買いかねないのだものな……、ただ僕は、警察官でありながら、ずかずかと他人の家庭に介入しまくって、時によっては虐待児童を我が家にかくまっていたあの両親の息子でもある。

ふたりでよく話し合ってみれば?

みたいな突き放した助言だけは、口が裂けてもしない。

「わかった。僕が言いきかせよう。お前と一緒に行ってもいいし、僕がひとりで行ってもいい。あとは僕に任せろ。いずれにせよ、その彼クンに、命日子はきみを愛しているんだから、後ろめたく感じる必要はないんだよと、説諭してやろうじゃないか」

「愛してるって言われたら重いなあー」

暦ちゃんの友情も重いなあー、重量級だなあーと、命日子は、困ったように苦笑する。

困っているのだろう。

「そこまでしてもらおうと思って相談してないよー。こじれちゃうこじれちゃうー。それにー、もうこんな展開になっちゃってー、わたしももう別れる気満々だしー」

「そうなの?」

ラブラブじゃないの?

愛し合っただけで、愛してないの?

「うんー。焼けぼっくいに火をつけないでー。むしろー、火に油を注がないでー。言ってしまえばー、タイミングはよかったのよー、丁度ー、いいなって思う同級生がいたからー。ラクロス部にー」

とりとめがないな。軽音部にサークル研究部にラクロス部とは……、これじゃあ、まるで好みの男子学生を求めて、二十五のサークルに所属しているようでもある。

マジで交遊の意味が変わってしまう。

辞書をアップデートする気か。

「アップデートって言うかー、普通にデートかなー。わたしー、好きになった男の子とはー、慎ましくも全員とー、付き合いたいタイプだからー」

「……じゃあ、何のどこが、被害と加害の入れ違いで、悩ましいんだ?」

付き合っている彼クンと、見解の相異で気まずくなっているって話じゃなかったのか?

なんでもかんでも自分が悪い、自分は他人に迷惑をかけてばかりいる、自分の周りでは不幸なことばかり起こる、僕は私は疫病神だと思い込むような罪業妄想は、言ってみれば全能感の裏返しであって、極論、『僕は(私は)雨男(雨女)なんだよね~』と言っているのと、大して変わらない。

裏返し。

裏側。

僕自身、恥ずかしながら過去にそういう傾向がなかったわけでもないが、そんなことを言うくらいだったら、いっそ『私って（僕って）晴れ女（晴れ男）なんだよね！』と、ポジティブに言ってのけるほうが、それこそ周囲は晴れ渡ろう。

なので、もしも命日子が、愛し合った行為について、うじうじ項垂れているような男に見切りをつけたと言うのであれば、その判断は尊重されるべきだろう。

それこそ、ふたりの問題で、ふたりの関係だ。

そういう判断は、僕にとっても他人事ではないけれど……、ん？　いや、ちょっと……、でも、気のせいか？　ただのよくある偶然か？　もちろん偶然だ、僕は雨男じゃない。

ただの一致だ。

かつての春休み、死にかけの吸血鬼と遭遇したことと同じくらいの、たまたまのはずだ――こんな偶然は。

「んー。項垂れているんだったらー、まだ可愛げもあるって言うかー、少なくとも実害はなかったんだけれどねー」

「なんだよ。匂わすじゃないか」

「悩ましいのはわたしのボディでー、匂わしているのはフェロモンかなー」

はぐらかすような発言で、こういうところが命日子の、いわゆる『恋人が途切れない』青春の本領発揮と言ったところなのだろうが（世の中にはそういう青春もある）、では、彼クンは項垂れているわけじゃない？

いや、その発想はなかったが、まさか命日子に『夜這いをかけた』ことを、彼クンが武勇伝みたいに吹聴しているとでも言うのかよ？　だとしたら友人として、阿良々木暦は殺人に手を染めなければならないが――

「殺人に手は染めないでー。色をなさないでー」

「話の続きによる。右手に生を、左手に死を」

「殺し屋の台詞ー？　んー？　武勇伝みたいに吹聴しているならー、アホな男に引っかかっちゃったってー、まだ笑い飛ばせるんだけどねー。ぜんぜん笑えないにしてもー、法的対処は可能じゃないー？　だけどー、事実はその逆なんだよねー。逆じゃなくてー、これも裏かなー」

　裏。

　裏の中に、表が含まれる。

「謝るのー」

　命日子は言った。ここはうんざりしたように。

　見ない顔だ。

「まずわたしにー、土下座して謝るしー、わたしの友達にもー、わたしの知らないー、わたしを知らないサークル仲間にもー、謝罪会見を開いてー、四方八方に謝りまくるのよー。自分がどれだけ罪深いやらかし人間なのかー、のべつ幕なしに懺悔して回るのよー」

「懺悔——」

　謝罪会見。

　この国じゃあすっかりお馴染みの光景で、テレビの中でもネットの世界でも、毎日のように誰かが誰かに謝っている。それはとりもなおさず、毎日のように、誰かが誰かに怒っているという世知辛い現実の、まんま『裏返し』ではあるものの——しかし、そんな光景が日常と化した現代社会においても、今聞いた、彼クンの謝罪行脚は、かなり異彩を放っている。

　武勇伝ならまだしも、普通、人間はそんな罪業妄想を、手当たり次第に吹聴したりはしない——謝罪会見に対して、『誰に謝っているのかわからない、謝るなら被害者に謝れ』との批難が囂々と響くのも、やはり見慣れた景色ではあるものの、そんなスケールでさえなさそうだ。

　誰にも何も、誰でも彼でも、だ。

ましてこの場合、被害者は、その被害を被害と捉えていない——本来はそんな意味の用語ではまったくないけれど、言ってしまえば、被害者不在の犯罪である。

被害者の意向を無視しておおやけに謝罪すると言うのは、なんて言うか……、見方によっては潔い、尊い倫理観に基づき、自分で自分を裁いているようでもあるのだろうけれど、しかし——そう、しかし当事者的には。

「被害者的には……、実害が出るよな」

被害。

「それなのよー。わたしー、当該のサークル研究部にー、顔を出せなくなっちゃったよー。忌まわしい夜這いの『被害者』としてー、同情の視線とかー、慰めの声とかー、一身に集めちゃってー、マジで居づらくってー、いちいち否定するのも弁解めいててしんどくてー」

その実害は、武勇伝を吹聴する与太者とほぼ同じだが、しかし謝罪行脚で吹聴しているとなると、タチが悪い。事実でも名誉毀損にあたるが、ましてその被害が冤罪だと言うのなら——冤罪ならぬ、冤害か。

やってもいないことをやったと責められるのは辛いが、受けてもいない被害で慰められるのも、いたたまれない。

かける言葉がない。

と、思われること自体に、かける言葉がない。

「わたしってこんなんだからー、誹謗中傷とかはー、ある意味慣れっこなんだけどもー、こういうのは結構きついねー。攻撃してくる相手にならー、反撃のしようもあるって言うかー、少なくともムカつくことくらいはできるけどさー、謝ってくる奴にはー、どう対応したらいいのよー？」

あれは謝罪という名の暴力だよねー。

と、命日子。

「冤罪事件の虚偽自白じゃないけれどさー、罪を認めるような嘘をつくわけないってー、みんな素直に思うみたいだしさー。素直ー。彼クンったらー、やめてって言ってもぜんぜんやめてくれないのー。わたしが何か言うとー、むしろもっと謝らなきゃって思うみたいでー。謝罪・謝罪・謝罪なのー。警察にも自ら出頭したみたいでー。それはさすがに門前払いされたみたいなんだけれどー。あの調子じゃあー、ネットに直筆の謝罪文を掲載するのも時間の問題かなー」

「…………」

　そこまで達すると、謝るという嫌がらせ、いわば謝罪ハラスメントというような印象さえあるけれど……、いや、タチが悪いというのもあるが、単純な怖さもある。

　彼クンの真意のわからなさが、特に怖い……、虚偽自白と言うなら、強要すらされず、自らの意志で冤罪をかぶって、謝り回っているようなもので、彼も彼とて、人生に実害を受けている。パートナーをも巻き込む、謎の自傷行為だ。

やってもいない罪で自首する人間は、意外といるとも聞くが……、実例は初めて聞く。

「ごめんねー、相談にかこつけたただの愚痴（ぐち）でー。実はー、別に暦ちゃんにー、どうにかしてもらおうと思ったわけじゃなくってー。ただー、もしかすると暦ちゃんのところにもー、彼クンの謝罪の足が延びる可能性もあるかと思うとー、こうして先に言っておいたほうがいいかなってー、今ー、ふいに思いついちゃってー」

　そんな異様な話を聞かされたあとじゃあ、とても取り越し苦労の杞憂（きゆう）だとは言えないな……、思いつきとも言えない。そして先に聞いていなければ、知らない先輩に命日子を夜這いしたなんて謝られて、その後、いったいどう対応していたか見当もつかない。

　元より友達の彼氏に会うつもりなんてなかったけれど、こうなってしまうと、とてもお近づきになりたいとは思えない、極度の危険人物である。心当たりのない被害者にでっち上げられてしまうだなんて……。

　昔いじめてごめんねと、いじめられた覚えがないのに言われたようなものか？　だとすれば……、わかる。

　わかってしまう。なぜなら。

「まあー、気の利いたクイズを思いついちゃったからー、ついでに口が滑っちゃったみたいなところもあるんだけれどー」

　らしいことを言っているが、僕から見当外れの同情をされるような未来を嫌ったのだとすれば、相談に乗るどころか、無粋な理由を言わせてしまって、申し訳ない。

　申し訳ない……、あるいはこの後ろめたさも、また的外れな罪業妄想なのか？　ねじくれた、全能感の裏返しか？

「迷ったけどねー。高校時代からの彼女とー、一途に付き合い続けているうぶな暦ちゃんにはー、こういう男女関係のどろどろしたソープオペラの縺れはー、刺激が強過ぎるかなー、ってー」

「確かに、青い鳥文庫って言うより、講談社ノベルスって感じではあったが……」

　新本格以前の、エログロ伝奇時代のな。

　二段組もいよいよ風前の灯火だぜ。

「ただし、男女の機微がわからないお子様扱いされるのは心外だ、命日子。だから、同情でこそないにしても、今の話……、今の物語には、大いに共感できる点があった」

「共感ー？」

「テレパシーと言うほどではないシンパシーさ。つまり他人事じゃないってことだ」

　僕はせめて気取ってから、要するに弱く強がってから、

「ところで、高校時代から一途に付き合い続けてきた彼女とは、つい先日、別れ話があったばかりなのだ」

そう言った。

006

「吸血鬼を『ナイトウォーカー』と言ったりするけれど、これを瀟洒に訳せば、『夜這い』になったりするのかしらね——いえ、ただの雑談よ。

「何も含むところなどないわ。

「もっとも、処女の血を好むとか、血を吸うことで眷属を増やす——繁殖するとか、吸血鬼という妖怪変化自体が、どこか暗示的であることは否定しにくいわよね。

「夜這い。

「私なら契りを交わすというかしら。

「これも暗示的よね。

「ディールとは言わないまでも、約束ではある——双方の同意なくしては成立しない。少なくとも合法的には。

「合法——合意。

「悪いことをしたらごめんなさいというフレーズの、肝はここになるのよね。さっき、警察官の仕事は悪人を取り締まることだけじゃないとも言ったけれど、あれも厳密には、悪人ではない。

「取り締まるのは、違反者よ。

「悪であることは、罪ではない。

「どんな悪人であろうと、法に抵触しなければ、取り締まられることはない——きっと、大企業の取締役にだってなれるわ。

「なので、悪いことをしたらごめんなさい、と言うのは、赤を入れると、法律に違反したらごめんなさい、なのよね——子供に教えるには、ちょっと複雑な標語になるかしら。

「高学年向けね。

「法とは何かを解説しなくちゃいけなくなるわ。

「解説じゃなくて、釈明かしら。

「まるでこっちが悪いことをしている気分よね——だって、誰もがよくわかっていない、大昔に決められた、恣意的に運用されるあやふやな文言を、絶対的な概念として説明することになるのだから、法治国家では。

「読む者によって解釈がころころ変わってくるという点においては、読書家としては、なんとも挑み甲斐のある文章なのでしょうけれど——かき立てられるわよね、リーダビリティが高いとは言えない一冊ほど。

「つまり、解説でも解釈でもない、解読が必要とされる——解答のない法律には。

「でも、そんなのは面倒だって思う人もいて、そういう人のほうが、世の中には多い。多くて、強くて、しかも正しい。

「だからみんな、簡単に謝っちゃう。

「足を踏んだ程度の気軽さで。

「はいはい、こういうときは謝っておけばいいんでしょ？　なんてマニュアルに則ったルーチン謝罪を繰り返す——私はそんな安易には流れない。流されない。

「検証する。検事のように。

「弁護する。弁護士のように。

「解釈する。裁判長のように。

「間違っても流されて謝ったりしないし、事実、間違えていても謝らない」

「いてもたっても、謝らない」

007

命日子が僕に対して抱いている、それこそピュアなイメージを、そりゃあ必要以上に壊したくなかったので、試験勉強から道を逸れた『雑談』は、そこで手仕舞いになったけれども、実のところ、僕が高校生の頃から一途に付き合っている彼女、戦場ヶ原ひたぎと交わした別れ話は、これで二度目なのである。

　参考までの注釈として、一度目に関しても軽く触れておくと、これは僕の血のなせる業というしかなくて、奨学金という名の借金を背負って路頭に迷っていた幼馴染を、かつて両親がそうしたように我が家に匿ったら、ひたぎからびっくりするくらい怒られたという経緯である。

　彼クンと真逆と言うべきか、正直、何が悪かったのか、僕は未だによくわかっていない体たらくなのだけれど、その件は結局、僕の父親が知り合いの不動産屋に頼り、礼金敷金なしの格安物件を、なんなら住めばお金がもらえるくらいの怪しい掘り出し物件を老倉に紹介してもらったことで、どうにかこうにか、事なきを得た……、さすがに責任を感じたのか、およそ利他行為に及ぶことのない老倉が、僕とひたぎの間に生じた亀裂を、命がけで埋めてくれたことにも、一応触れておこう。あれは本当に珍しいことだった。たぶん二度とない。

　来世でもない。

　そんなわけで元サヤに収まった僕とひたぎだったけれど、さてはて、あれはいつのことだったか、そう、冬休み終了直前の、年始早々のことだった——元々は、二人で初詣に行く予定だった。

　いわば今年の初デートだったのだが、何分、昨年の年始辺りは、お参りを望むべくもない状況下に僕達は置かれていたわけで——単に受験生だったというだけではなく、高校卒業までに蛇神に呪い殺されるという、状況下どころか戦時下におかれていたわけで（受験戦争とはよく言ったものだ）、ふたり揃っての初詣は、今年の初デートどころか付き合い始めて初めてとなる一種の記念日と言うか、今度こそ、無事に一年、明けましておめでとうございますという新春を迎えるはずだった。

アニバーサリーが嫌いな僕だって、さすがにお正月くらいは、ね？

もちろん向かう先は北白蛇神社である。かつては僕達を呪い殺そうとした蛇神の統べる神社だったが、今は気心の知れた無害な小学五年生のおうちであり、初詣であると同時に、新年の挨拶にいくようなものだった。

ともあれ、待ち合わせ場所の洒落たカフェに、おそらくはレンタルであろう晴れ着で現れたひたぎは、開口一番、

「別れましょう、阿良々木くん」

と、畏まった年始の口上ではなく、困った三下り半を突きつけてきた。

いや、困ったとか言ってられない。

面白くしてどうする。

むしろ鼻白む。

何の冗談だ、今日は四月一日ではなく一月一日だぞと反射的に突っ込みかけたが（厳密には一月一日ではなかった。その日は家族で正月を祝った。お年玉ももらった、大学生なのに）、ひたぎの表情は真顔だった——真顔と言うか、平坦だった。

平坦。

女子大生になってからはすっかり垢抜けて、髪を染めたり、爪を塗ったり、メイクに凝ってみたりしたひたぎだったが、そののっぺりとした表情は、かつての深窓の令嬢時代を思い起こさせた。

そもそも、『阿良々木くん』という呼ばれかたからして懐かしい——高校卒業を目前に、下の名前で呼び合うようになった僕達だったのに、まるで時間が巻き戻ったかのようじゃないか。

ここに来てタイムリープものか？　いやいや、そうじゃない。

嘘でも、冗談でもなく。

真剣な申し出であることは知れた……、二度目でもあったし。

ただ、そういった意味では、恥も外聞もなく激怒

していたあの一度目とは、明らかに様相が違った――がらりと違った。さりとて、静かに尖(とが)りまくっていた深窓の令嬢時代とも、完全に同一な平坦さではなく、恋人はどこか憔悴(しょうすい)しているようにも見えた。命の危機にさらされていた去年の正月とて、ひたぎはここまでの切迫感を匂わせてはいなかったように思う。

むろんそんな分析は、どこか頭の片隅(かたすみ)でおこなわれていた作業に過ぎず、新年の始まりから、いきなり別離を告げられた僕は、基本的には動揺しまくっていて、

「わ、別れようって……、どど、どうして?」

と、個性に欠けるリアクションをするに留(とど)まっていた――ウィットに富めない。ただし、心当たりがまったくなかったかと言えば、実はそうでもない。やはり二度目でもあったし……、一度目と同じようなことを、言われてみれば、僕はしでかしたところだった。大学生活も半年以上が経過したところで、僕もさすがに自動車通学に限界を感じ、一人暮らしを始めたのである。

夢の一人暮らし。

既に述べたよう、老倉の隣に引っ越した。例の怪しいアパートにだ。

正直に言うと、自動車通学がしんどくなったからと言う以上に、一人暮らしを始めた老倉ちゃんの生活が心配で、父親がコネを持つ同じ不動産屋さんに頼って、彼女の近所に移住してみた感じだったのだが(駅近どころか激近だ)、そのお引っ越しがひたぎの逆鱗(げきりん)に触れたとしか思えない。老倉は全身が逆鱗だが、ひたぎの逆鱗は、最近はだいたい、そのあたりに散在するのだ。

バレたか。

理屈はよくわからないのだけれど、僕が老倉の心配をすると、ひたぎは怒るのである。その割に、ひたぎと老倉はそれなりに仲がいいという不思議な関係なのだが……、ふたりでよく遊びに行っているご

様子である。

誘えよ、僕を。

大学構内でも、学部は違うのに、あれこれ行動を共にし、あれこれ活動している様子だ。僕に秘密で……、(そう言えば、高校一年生の頃は、老倉は深窓の令嬢と、それなりにつるんでいたんだっけ)、しかしそうではなかった。

的外れだった。

彼女はこんなことを言い出したのだ。

「私には阿良々木くんと付き合う資格なんてなかったのよ。とんだ思い上がりだったわ」

「…………?」

てっきり責め苛まれるのだと思い込んでいた僕は、その発言を訝しむ……、資格？　思い上がり？　ぜんぜん話が見えてこない。

「それなのに、阿良々木くんの慈悲深さにつけ込んで、こんなよくない関係をいつまでもずるずる続けて来てしまったことを、心から申し訳なく思っているわ。ごめんなさい」

「ご、ごめんなさい？　お前が？」

戦場ヶ原ひたぎが、謝っただと？　滅多なことでは黙礼さえもしない、たとえ初詣でも、二拍手だけで終わってしまいそうなこの頭の高い女が、口ごもりもせずに、当たり前みたいに、すんなり謝罪の言葉を口にしただと？

常識から考えておよそありえない事態だ。

いったい今、何が起こっている？　この世界で。

新たな年を迎えると同時に、僕は異世界に転生してしまったのか？　戦場ヶ原ひたぎが謝るという驚異の世界に？

怖っ。

異世界にも程があるだろ。

やはり、どうやら単純に、深窓の令嬢に回帰したというわけではなさそうだ……、これはそんな先祖返りじゃない。深窓の令嬢時代は、ありとあらゆる戦場ヶ原ひたぎの中でも、もっとも人に謝らない、孤高の時代だったのだから。表情や口調は同じように平坦であっても、その内実は、真逆であると言っていい。

真逆——表裏のごとく。

「もしかして、ひたぎ、何かあったのか？　なんでも言ってくれよ。相談に乗るぜ。僕はそういう男だから」

考えたら、このときも僕はそんな無責任なことを言っていて、我ながら自らの軽率さが嫌になるけれど、しかしこの危い誘い水にひたぎは応じることなく、力なく首を振るのだった。

「優しいのね、阿良々木くん。その優しさに気付くことなく、私はこれまで、どれほどあなたに甘えてきたことか。考えるだけでも、その罪深さに死にたくなるわ」

死にたくなるわって。

この自己肯定感の塊（かたまり）のような女子大生が、まさかの希死念慮を口にしたことに、僕は戸惑いを隠せない。嘘や冗談を言っているわけではなかろうが、しかし、とても正気とは思えないというのが正直なところだ。

僕はちらりと、自分の影に目をやる。

鉄血にして熱血にして冷血の吸血鬼、キスショット・アセロラオリオン・ハートアンダーブレード——の前身である『うつくし姫』を前にすれば、誰もが己の罪深さに自殺したくなるという、例のふざけた言説を想起せずにはいられなかったからだ。

僕の体験談でもあるしな。

苦い、しかし幸福な体験談。

しかしもちろん、カフェの間接照明に照らされ生じる僕の影は、うんともすんとも言わない、すんとしたものだった。

「私なんて、阿良々木くんに、ううん、誰からだって優しくされる資格なんてなかったのに。思えばそれに気付けるようになるまで、みんなは私を温かく見守ってくれていたのね。そう考えると、反省することしかできないわ。どれほど悔(く)いても悔いても、悔い改まることがないほどに」

「事情を説明しろよ、まずは。悔い改めずとも、改めて。僕が何かしたって言うなら、ちゃんと謝るから。もしも老倉のことだって言うなら、あいつは――」

それとも命日子のことか？　最近あいつに暦ちゃんと呼ばせているのがバレたのか。

「だから、謝るのはこちらのほうなのよ、阿良々木くん。そんな風に思わせてしまったのであれば、あまりに申し訳ないわ。立つ瀬がない。私の罪深さが、みるみる深掘りされていくと言っても過言ではないでしょう」

立つ瀬どころか、とりつく島もない。

なんだかんだ言いつつ、僕が老倉の隣に引っ越したことに不満があって、それを遠回しに、しかも変化球で投げつけてきているのだという当て推量は、どうやら深読みならぬ誤読のようだが……、そもそも、そんな奇妙な感情表現をする人間じゃないんだよな、こいつは。

よくも悪くもストレート一本だった。

それは進学しようと更生しようと、基本的に変わりなく――だから、この場合は、言っていることを言っているがままに解釈するのが正着である。

ひたぎは『本気で』僕に謝っていて。

そして『本気で』僕と別れようとしている――決して、ここまでの道中で、他(ほか)の神社で引いたおみくじの宣託に従っているわけでもない。『恋愛――別レヨ』とか。

大吉だったりしてな。

実際、一度目のときも、別れると言ったら、フェイクでも駆け引きでもなく、掛け値なく別れた女子大生であり、そうなると彼女を女子高生時代から知る者とすれば、もう何を言っても無駄だという、疲労感や徒労感にも似た無力感を痛感するばかりなのだが――それは彼女を女子中学生の頃から知っている神原駿河も同意してくれるだろう——、だからと言って、言われた僕は、ここで粘らないわけにもいかない。

　ストーカー時代の神原を憑依させて、「いったん落ち着こうぜ、ひたぎ」と、新年ムードを真剣モードに切り替える。

「もうひたぎなんて呼んでくれなくてもいいのよ。過ぎた呼称だったわ。昔のように戦場ヶ原と呼び捨てに、あるいは雌豚と呼び捨てにしてくれればいいのよ、私なんて」

「雌豚なんて呼んだことねえよ」

　本名の『ひたぎ』を『過ぎた呼称』と言うのもどうかだし。

「ならばこれからはイベリコ豚と呼んで」

「なんでここで高級豚なんだよ」

　面白いことを言って真剣モードを維持させてくれない辺り、ひたぎも、あるいは戦場ヶ原も、必ずしも正気を失っているわけではないようだけれど、それではぐらかされてしまうわけにもいかない。なし崩し的な自然消滅に至ってしまう。

　それはそれで違うだろう。

「いいえ、はぐらかしているのは——はぐらかしてくれているのは、阿良々木くんのほうでしょう。ハグするようにはぐらかしてくれている。なんてありがたいのかしら、ありえないお人柄だわ。そんな風にとぼけて、本当はすべてわかっている癖に。いいのよ、今となっては、そんなに優しくしてくれなくっても。あなたが大切に育て上げてくれた私のちっぽけな人格は、ようやくその域に達したのよ。かろうじてね」

「はあ……」

　はあ。

　本当はすべてわかっているんでしょうと言われても、心底わけがわからないの極みでしかないのだが……、なんだろう、倣って言うなら、とうとう僕は、戦場ヶ原ひたぎという女の子のことが、毛ほども理解できないままになすすべなく、別れる羽目に陥るのだろうか。

　理解できない女の子は、黙り込んだ僕に、そのまま言い聞かせるように続ける。

「でも、これ以上阿良々木くんに優しくされたら、私、駄目になっちゃう。甘えんぼのままじゃいけないのよ。年も改まったことだし、ここでけじめをつけておかなくちゃ。私みたいな半端者から、阿良々木くんを解放してあげなくっちゃ。それが私にできる、せめてもの恩返しなのよ」

「そんなことを言われるんだったら、年なんて明けないほうがよかったくらいなんだが……、一生去年でよかったよ」

　タイムリープしたかった。

　似たようなことはしたが。

「阿良々木くんは、老倉さんか翼ちゃんにリリースするわ」

「本当にその二択なら、できれば翼ちゃんのほうにして欲しいな……」

　ただし、今や、世界のどこで何をしているかまったく不明になってしまった羽川翼へのリリースは事実上不可能だろうから、このままでは僕は老倉の下に返却されることになる。春休みどころではない地獄だ。

　マジの地獄より地獄だ。

「ああ、思えば老倉さんにも翼ちゃんにも、私は世話になりっぱなしだったわ……、あのふたりにもちゃんと謝らないと。神原には……、まあ、神原はいいか」

「なんで神原はいいんだよ」

　憑依させている後輩が黙ってないよ。

「何にせよ、阿良々木くんは、これからは他の女の子を助けてあげて。もう私は、ひとりでも大丈夫だから。全然平気。ひとり寂しくうらぶれた人生を送るから」

「そんなことを言ってる奴がひとりで大丈夫なわけ

がないだろう？　うらぶれるな。そんなんじゃ、僕がお前を世間様にリリースできないよ」

「ふふ」

　そこでひたぎは微笑した。

　別れを切り出され、みっともなくすがりついてくる男が失笑ものだったわけではなく、それはどうやら、思い出し笑いのようだった。

「懐かしいわ。あのときも阿良々木くんは、そうやって、孤独に去りゆく私を、追いかけてくれたものよね」

「あのとき……？　どのとき？」

「またまた、忘れたふりをしちゃって。風と共に去りぬ私を」

「お前、戦場ヶ原スカーレットだっけ？」

「ところで、『去りぬ』って、去っているのか去っていないのか、どちらなのかしら？」

「それがわからなくて、どうやって推薦を受けた、大学の」

改めて言われると、僕にも確かなことは言えないが……、少なくともひたぎが、風と共に去った記憶はないな。

　ああ、でも、そうだ。

　嵐のように去った記憶ならば——ならば？

「……もしかして、最初の最初のことを言っているのか？　階段から落ちてきたお前を受け止めて、僕がお前の秘密を知ったときの——」

　だとすれば、最早懐かしいどころの話じゃないが、よもや忘れられようはずもない。阿良々木暦と戦場ヶ原ひたぎの始まりじゃないか……、スタート地点だ。高校三年間、一年三組の頃からひたぎとはずっと同じクラスだったけれど、僕と彼女の物語が始まったのは、あの日、あのときだったことは間違いない。

　馴れ初め。

　そういった意味では、僕にとって大切な、忘れ得ぬ、正月以上の記念日のはずなのだけれど、しかし

今現在、僕の正面に座るひたぎは、

「忌まわしいわ」

　と言うのだった。

　記念日が忌日であるかのように。

「あの日のことさえなければ、私は阿良々木くんと、大手を振って、何一つ恥じることなく、お付き合いを続けることができるというのに……、悔やんでも悔やんでも悔やんでも悔やんでも悔やんでも悔やんでも悔やんでも、悔やみ切れないわ」

　悔やんでも。

　病んでも病み切れないように、彼女は言う。

「いやいや、なんでそんなことを言うんだ？　あの日がなきゃ……、あの五月八日がなけりゃ、今、僕達はこうして付き合ってはいなかったわけだし……」

　今と言うなら、今、まさに別れんとしているわけだが……。

「阿良々木くん、いい加減にして。いつまでそんな風に私を過保護に保護し続けるの？　私だってもう子供じゃないんだから。もう女の子じゃない。もう少女じゃない。大人の女なのよ」

　いよいよ焦れたように、ひたぎは言うのだった——大人の女どころか駄々っ子のようだが、あの日のようにしつこく追いすがってくる僕に、渋々、白状するのだった。

　己の罪を懺悔するように。

「たった一度でもあんな暴挙をしでかした許されざる女に、阿良々木くんの彼女で居続ける資格なんてないのよ。ほんのいっときでも、いい夢を見たのだと、それだけで幸せになるべきなの。儚い夢を見たのだと」

「……ん？　え？　もしかして」

　もしかして、もしかすると、もしかすることに、もしもし？

「ひたぎ、僕の勘違いだったら返す刀で即座に正してほしいんだけれども、お前ひょっとして……、あの日あのとき、僕のほっぺの内側を、ホッチキスで綴じたことを謝っているのか？」

「他に何があると言うの？」

果たして戦場ヶ原ひたぎは、あるいは一年八ヵ月前のゴールデンウイーク明けよりも平坦に、澄ました顔でそう頷いたのだった。

008

「契りに限らず、男女関係というのも、双方合意よね——いえ、そうじゃないと認識している者が多いから、みんな、困っているのかしら。

「者って。ツボったわ、これ。

「『一般のかた』くらい面白い。

「被害の者、加害の者。

「下々の者。

「ものものしいわね。

「でも、男女関係は、面白いとか、楽しいだけじゃ済まないわよね——双方合意と言ったけれど、付き合うときは合意が必要なのに、別れるときは、片方の意見だけで成立するというのも、興味深いところだわ。

「契りが一方的に破棄できるという現実。

「この辺が、恋人関係と、家族関係との違いなのかしら——いったん婚姻関係を結んでしまうと、ついついしまうとって言っちゃったけれど、離婚するっていうのは、そんなたやすいことじゃないらしいものね。

「片方が離婚したいと思ったからと言って、もう片方がそれを拒絶すれば、結構揉めると言うか——財産分与とか、親権とかのことも含めてだけれど、紛糾すれば、最終的には、司法の場に判断を委ねることになる。

「法にのっとった裁きが下される。

「罪を犯したわけでもないのに——悪人でもないのに、法の下に引きずり出される。カップルだとなかなかありえないでしょう、別れるかどうかを、第三者に調停していただくなんて。

「協議離婚なんて、紛糾離婚よ。

「将棋みたいに、どちらかが投了する。

「終了する。

「『ありません、あなたとの将来が』かしら？

「審判はいない——時間切れはあるかも？

「『経験者』として、私も、婚姻関係の破綻については、もっといろいろ言及したいところでもあるのだけれど、またの機会にしましょうか——夫婦の絆は、それでもまだ切断することができるけれど、縦軸、親子となると、これが本当に難しいというテーマも、できれば掘り下げてみたかったわ。

「警察官一家の阿良々木家も、そうよね。

「かつての阿良々木暦が、親でもなければ子でもないと、いくら息巻いたところで、結局のところ、親ではあるし、子である事実は変えられなかった。

「母の日を平日にすることは許されなかった。

「例のファイヤーシスターズと、兄でもあるし、妹でもあったように。

「そこに合意は必要ない。

「本人の意志は関係ない。

「逆らえないし抗えない。

「抵抗できない。

「婚姻相手は選べても、親兄弟は選べない。

「なんて言うと、究極的には『産んでくれなんて頼んでいない』という、幼稚な喧嘩文句に辿り着いてしまいかねないかしら——でも、私、これ、言ったことあるのよね。

「うん。

「それだって、私は謝らないんだけれど。

「謝らないことを、後ろめたくは思っているかしら——今となっては、もう謝罪できないことを、謝ってもいい」

009

「ああ、他に何があると言うのと言ったものの、他にもあったわね、たくさん。無数に、無量大数に。私の罪は、いやさ、大罪は。ホッチキスでほっぺたを綴じる前には、あろうことかカッターナイフを口腔内に突っ込んだし、のみならず、言葉の暴力も振るったわ。私を心配してくれていた阿良々木くんのことを、クズだゴミだ生き恥を晒す生きた屍だと、言い募っていたわ」

「生き恥をさらす生きた屍は、今、初めて言われたぞ……」

「ほらね、罪深いのよ。許されないわ」

　弱含みの突っ込みなどに、戦場ヶ原ひたぎは怯まなかった。堰を切ったかのように、犯した『罪』を暴露し続ける。

「そうそう、阿良々木くんを拉致監禁したこともあったわね。なんてことを、たとえ阿良々木くんが許してくれても、私が私を許せないわ。神原が阿良々木くんのストーカーと化したのも、本を正せば私のせい。阿良々木くんが千石さんに殺されそうになったことだってそう。私と付き合ってさえいなければ、今頃阿良々木くんは、可愛いだけの女子中学生と、よろしくやっていたはずなのよ」

　よろしくやっていたその未来は、今となっては、誰にとってもよろしくない未来であるように思えるし、ホッチキスやカッターナイフ、罵詈雑言や拉致監禁はともかくとして、千石のことまでひたぎが背負うのは、明らかに間違っている。

　事実誤認だ。

　あれはむしろ、僕を守るために……。

「高校に内緒で自動車免許を取得したことも、阿良々木くんを事後従犯にしてしまったし……」

「え？　それも？」

　なんでもかんでもじゃん。

「だって、あのとき阿良々木くん、すごく怒っていたじゃないの。なのに私はそんな無私の忠告を無視して耳を貸さず、阿良々木くんをあっちこっちに連行して……、広い意味では、あれも拉致監禁よ。再犯じゃない。阿良々木くんを車中に閉じ込め、シートベルトで拘束して、連れ回したのだわ」

「……………」

　やっぱりこいつはふざけているのだろうかという疑いが、再び脳裏をよぎってくるが、しかし、彼女の面持ちは真剣そのものである。真剣を通り越して、深刻と言ってしまってもいいかもしれない。

　彼女ではなく、もはや元カノなのかもしれないけれど……、待て待て、落ち着いて考えよう。

　頭を働かせよう。

　どこかにお屠蘇気分が残っていて、まだしっかり現実に向き合えていない……、お年玉でテンションが浮わついているというのも、晴れ着姿のひたぎに、ともすると目を奪われるというのもあって、考えがまとまらない。

　なんだって？

　そんな昔のことを、今更、謝っているのか？　罪ではなく大罪だみたいに言っていたけれど、それを言うなら、昔どころか大昔じゃないか。

「だって、十五年も前のことだぜ？」

「十五年？　一年半では？」

「ああ……、そうだな、一年半だな」

　だから、正確には一年八ヵ月前になるけれど……、いずれにしても、とっくに済んだ話であって、とっくに終わった物語であって、今更それを蒸し返すのかという感想しかない。

「だって、蟹の件が片付いた後、ちゃんとお前は謝っていたし……、それを今になってなんて、どんな蟹行カノンだよ」

「一度謝ればそれで済むという問題じゃないわ。いえ、あんな口頭での謝罪は、謝罪でさえないわ。あのとき、阿良々木くんは、雰囲気に流されて許した振りをしただけなのよ」

だけなのよと、断定されても。

阿良々木くんが許してくれても私が私を許せないとも言っていたが、もう許すとか許さないとか、そういうレベルの話題じゃないくらいの過去エピソードである。

蟹シューマイかよ。

「そもそもあのホッチキスの一撃なんて、僕の吸血鬼体質で、すぐに治ったわけで……」

「でも、心の傷は、未だに癒えていないのでしょう？阿良々木くんがホッチキスで紙束を綴じようとするときに、手が震えているのを、私が見逃しているとでも思って？」

それは単に、不器用な僕の慎重な手つきなだけでは……。

微に入り細を穿ち謝ってくるこの感じ、なんだか怖くなってきた。絶えず罵詈雑言を浴びていた頃のほうが、まだしもいくらか心穏やかだったくらいである。

状況改善の糸口がつかめず、黙りこくってしまった僕に、

「これまで細大漏らさず阿良々木くんを傷つけ続けてきた、私のような罪人に、阿良々木くんに愛してもらう資格なんてなかったのよ。阿良々木くんには、もっとイノセントな女の子が相応しいわ。老倉さんや翼ちゃんのように」

と言う。

「あのふたりだって、そういう観点ではお前と大差ないと思うぞ……」

ホワイト羽川もイノセントとは言えない。

老倉に至っては、未だに僕に噛みついてくる。リアルに。

見せようか？　奴の歯形を。

ちなみに首筋には、吸血鬼の噛み痕のある僕であ

る。

　迷子にもよく噛まれるし……、噛まれてばっかりだな、僕。

「では、その老倉さんに、これからは優しくしてあげて頂戴。私はもう大丈夫だから。老倉さんにもそうメールしておくわ」

「やめて？」

　一度目に別れたときと、ぜんぜん違うことを言っている……、窮地に陥った老倉に宿を貸したことを、決して許そうとしなかったあのときの言説は、どこに旅立ってしまったのだ。

　マジで成長したのか？　大人の女に。

　それが大人になると言うことなのか？

「初詣には老倉さんと行ってあげて」

「地獄の一丁目に住んでいるあの女が、神頼みなんてするわけないだろう……」

　その一丁目に、僕も今は住んでいるわけだが、しかしことは、それで済みそうもない範疇に移行している……、引っ越したのは、僕ではなく、彼女の心だった。

　だがその変心は、異変だった。

「私はもう大丈夫だから」

　かつて蟹に挟まれた少女、戦場ヶ原ひたぎは、まとめるように、切り上げるように、そう言ったのだった。

「今まで本当にごめんなさい。戦場ヶ原ひたぎは心より謝罪の意を表するわ。他の女の子と、幸せになってください」

010

「謝りたいと謝意を表明することで、実際の謝罪を避けるというのもテクニックよね――思えば人類は、どのようにして、謝ることなく、事実上の謝罪を済ませるかという点に、叡智を絞ってきたようにも思えるわ。

「感心、感心。

「屈服することなく負けを認める手段を講じてきた――もしも傷ついたかたがいたなら謝罪しますというような、際どい仮定法を用いた物言いなんて、その代表例よね。

「もしも、とは。

「謝って済むことじゃないから謝りませんという言い草も、だとすればなしじゃないのかもしれないわ……、ただし、『産んでくれなんて頼んでいない』私の母は、そんな回りくどい文法を駆使する人間ではなかったわ。

「直截的に謝る人間だった。

「もっと言えば、執拗に謝る人間だった。

「しつこかったわ。

「許すと言われても、もういいと言われても、もう謝るなと言われても、それでは自分の気が済まないと、いつまでも食い下がって謝り続ける人間だった――病弱だった私に、母は、四六時中、こう謝罪し続けていたのよ。

「『健康に産んであげられなくてごめんなさい』って――つきっきりで看病・介護をされながら、そう謝られるたびに幼少の私は、己の不健康さを心身に刻まれていくようだった。

「病気よりも、その傷のほうが痛かったわ。

「不健康で文化的に成熟していない最低限度の人間だと言い聞かされているようで。

「だから、あるとき、たまりかねて私はこう返したの――『そんなこと言わないで』って。

「『健康に産んでくれなんて頼んでない』って――ええ、仰る通り、言葉足らずよね。それに、私も苛々していたから、乱暴な言い草になってしまったことも否定できない――母には、冒頭の三文字は、聞こえなかったんじゃないかしら。

「それくらいショックを受けていたわ。

「なんて言うのが適切なのか、私は母じゃないからわからないけれど……、娘として、あの人の気持ちを察するに、私の既往症について、いくらでも謝ることに抵抗はなかったけれど、まさか責めるようなことを言われるとは、思ってもみなかったというところかしら。

「謝っている人間を責めるなんて、かしら？

「責められないための自責の念だったというのは、さすがに穿ち過ぎでしょうけれど……、だからこそ、私の舌っ足らずな言葉足らずを、深読みしてしまった。

「被害妄想と言うか、加害妄想と言うか。

「被加学的よね。

「いやはや、いわんや、『もしも』私の言葉が誤解を招いたのだとしたら、謝罪したいわ。

「要約すればするほど、先手を打つように謝り続けていただけに、私のカウンターパンチが、思いのほか利いてしまったのでしょうね——以来、あの人が、私に謝ることはなくなったわ。

「怒られるかもしれないとわかった途端、謝らなくなった。

「看病も介護も、変わらず甲斐甲斐しく続けてくれたけれど、今日に至るまで、一言も、謝ることはなかった——責めるのであれば謝らないという思想は、なるほど、私の母親という風にも思えるわね。

「ちゃんと謝るから、怒らないって約束して——なんて、酷い約束もあったものよね」

011

結局そのあと、まあまあどうどう、となだめて、約束は約束だからと北白蛇神社へのお参りには一緒に行ったのだけれど、ふたりの間に流れるぴりぴりしたムードを察したのか、小学五年生の神様が明るく顕現することもなく、新年を迎えて初となるデート、付き合い始めて初めての初詣は、ぐだぐだに終わった——ぐだぐだであっても終わっただけで大したものだ。なんとか結論を先延ばしすることだけはできたけれど、その日のうちに撤回させられなかった以上、実際のところ、別れ話は成立してしまったようなものなのである。

なんてこった。

どうしてこんなことに。

その日は僕も狼狽(ろうばい)してしまって、彼女——元カノ？——の意図を察しかねたけれど、つまるところ、なんだかんだ言って、老倉のことをいつまでも心配し続ける僕に、愛想(あいそ)を尽かしたというのが、現実的な落としどころなのかもしれないと、後日、暫定的に結論づけた。

つーかそれしかないような……。

一度目のように怒るのではなく、自分が謝ることで関係を終わりにしようだなんて、およそ戦場ヶ原ひたぎらしくないのだけれど、考えてみれば、別れ話のときにまで、らしさを求めるというのは酷である。

らしさの強要。

誰に対しても、常に自分が思う『らしさ』を求めてしまう、僕のそういうところが駄目だったのかもしれない……、逆に、かつて文房具を振り回していた少女が、別れ際に、別れる相手に気を遣えるようになったのであれば、確かに少女は、もう少女ではなかろう。

大人の振る舞い。

頑なさは子供じみていたが。

もちろん、どう取(と)り繕(つくろ)ったところで、本心としては粘り続けたい、まだまだ心は少年の僕だったが、とりあえず冷却期間を置くことはできたのだから、それを戦果として一旦(いったん)戦線から退却したのだった——たとえこの後に待つのが、ただの消耗戦だとしても。

僕自身、頭を冷やす必要があると思ったし……、熟慮しなければならない。あんな昔のことを蒸し返されたことを真に受けず、反省すべきところを反省し、態度を改めなければ……、僕に落ち度があったとは思えないのだが、ひたぎが語るひたぎの落ち度を、真に受けるわけにもいかない。いずれにしても、こんなプライベートは老倉にはもちろん、妹達にさえも相談できないと、この数日間、誰にも話すことなく、ひとりで抱え込んでいたのだが——しかしながら。

しかしながら、大学が始まって、命日子のエピソードを聞いてしまえば、僕のプライベートな色恋事情は、ただのプライベートではなくなる。プライオリティ低めのプライベートではなくなる。コメントできない個別の時間ではなく。

独自性ではない一般性を帯びる。

一般人としてコメントできる。

個性的なオリジナルのアイディアだと思っていたら前例があったようなショック——もちろん、阿良々木暦の男女関係の縺れと、食飼命日子の男女関係の縺れは、同様ではない……、ソープオペラとスラップスティックコメディの狭間(はざま)にシンパシーを感じるのは、単なるカクテルパーティ効果だと言われれば、その通りだ。

前例があるから大丈夫と思いたがっているだけかも。

何を勝手に運命感じちゃってるの？　である。

こちらは親近感を覚えていても、仮に命日子に詳(つまび)らかにしていれば、『ぜんぜん違うよー。そんなダサい感じのと一緒にしないでー』と言われていたかもしれない。

それでも、数少ない共通項は見逃せない。

こちらは被害だと思っていないことを、向こうが加害だと思い込んで、過剰なまでに謝ってくる——こちらの意向を無視してまで、現在の関係性を台無しにしてまで、行き過ぎた謝罪を繰り返す。破滅的な謝罪を輪廻させる。

加害と被害が。

表と裏が——釣り合っていない。

前から見れば三角形だった物体が後ろから見ればバツ印だったかのような、歪なまでの非対称性。

むろん、かつて僕に、あるいは戦場ヶ原ひたぎにも『被害者面が気に食わない』と言ってのけたアロハのおっさんは、こうも言っていた——なんでもかんでも怪異のせいにするべきではない、と。

だからこそ、自己弁護の責任回避のために、あらぬ牽強付会に陥らないよう、僕は分析に分析を重ねなければならない……、これは果たして、正常な事態か？

奔放な大学生にはよくあることか？

一説によると、世界では二十秒に一組のカップルが破談しているというし、ならば僕と命日子のトラブルが重なったことも、さして問題としてピックアップすべき事柄ではないのかもしれない——しかし、この『二十秒に一組』を文字通りに捉えると、少なくとも二十秒以内に、同時にカップルが破談することはないという風にも読み取れるわけで、ならば僕と命日子の同時性には、暗示的な意味合いがあるようにも感じられる。

こじつけでしかなかろうと。

命日子と彼クンがどうだったかは不明だが、僕とひたぎに関して言えば、互いに高校生だった頃より、両者の視野が広がっているのは事実だろう……、特にひたぎのほうは、国際色豊かな女子寮に住んで、とりどりな同世代との交友関係も順調に拡大しているわけで、はっきり言えば、たまたま高校が同じだった程度の僕に、いつまでも縛られ続ける必然性は皆無だ。

それを言い出したら、階段から落ちてきた少女を受け止めるのが、僕である必然性さえなかったとも言え、そういう劣等感は『あの日』から、常につきまとっていた……、なので、仮にいつか恋人から見限られるとすれば、そんな理由だと、漠然とイメージしていたものの……、実際にはそれと正反対に近い出来事が起こっている。

ひたぎはまるで、あのとき僕に受け止めさせてしまったことを、申し訳ないと言わんばかりだったた……、巻き込み事故に遭わせてしまってごめんなさい、と。

ホッチキスや罵詈雑言、拉致監禁に繋がる巻き込み事故……、いや、そう言われればその通りだし、客観的に見れば、あの頃の戦場ヶ原ひたぎは、明らかに過剰でもあった。過剰と異常をかけて、うまいこと言いたくなるくらいに。

自己防衛だったとしても、過剰防衛だった。

過剰防衛に、過剰な謝罪は、ならば当然と言えるかもしれない……、たとえ謝られても、同じ目に遭わされたら、許せない人も多いだろう。

ホッチキスでほっぺたを綴じられて、許せるほうが珍しい——ただし、それはあくまで客観的な視点だ。

主観的な視点、つまり私的な僕に言わせれば、もうその辺のあれこれは、すっかり済んだ昔話と言うか、ここだけの話、いい思い出にさえなってくるくらいである。

なんたって、馴れ初めなのだから。

ホッチキスでほっぺたを綴じられたことがいい思い出なんて言うと変態みたいだから口を綴じて、もとい、閉じているだけであって、それを平身低頭謝られても、挨拶に困る。

変態性を浮き彫りにされるようだ。

誤解を恐れずに表現すれば、折角の『いい思い出』を、今になってぐちゃぐちゃに侮辱されているような気持ちにもなる。馴れ初めがなかったほうがいいと言われているのと同じじゃないか。

そもそもその辺りの感覚は意識として共有できているつもりでいたので、いきなりあんな謝罪攻勢に踏み切られてしまうと、現実逃避だと言われようと責任回避だと言われようと、どうしても違和感は拭いきれない。

梯子（はしご）を外された気分だ。

その点でこそ、僕は命日子と足並みが揃うはずだ……、合意の上で『愛し合った』はずなのに、彼クンは一方的に『夜這いを仕掛けた』と思い込み、わけのわからない罪悪感に、ひょっとすると背徳感に支配されている……、まあ、周囲にまで謝罪行脚に踏み切っている彼クンの迷惑度を勘案すると、僕よりも命日子のほうが、より危うい窮地に置かれていると、公平に判断しなければなるまい。

僕はまだマシだ。

幸いだった、大学生になっても、言い触らされるような友達がひとりもいなくって。

……話が一瞬逸れてしまうけれど、大学という空間は、高校に比べて友達が作りやすいという印象があったのだけれど、僕に限ってはそんなことがぜんぜんなかったことは、報告しておく。

なんだろうな、高校生の頃は、教室内と言うか、クラス内と言うかに、『友達を作りなさい』というような圧力が四方から働いていたけれど——よく言う、『はい、二人組作ってー』という奴だ——、大学には、少なくとも僕の通う曲直瀬大学数学科に、その圧力はなかった。

富士山（ふじさん）くらい気圧が低い。

自由落下にも近い。

思えば、圧力があったからこそ、『友達はいらない。人間強度が下がるから』なんてアンチテーゼが成り立っていたわけで、友達がいなくても学業が、あるいは生活が、まるで困窮することなく成り立つ状況にいざ身を置かされると、僕はコミュニティに対する抵抗勢力などではなく、単なる友達のいない奴である。

サークルなんてのは、意志がなければ入れない。

老倉もこっち側だった。

分類するなら、ひたぎや命日子は、あっち側と言える——つまり、『はい、二人組作ってー』と言われなくても勝手にペアになっている、なんならグループになってる側である。

その究極形が臥煙さんだったりするのだろう。そう、一台のアドレス帳では友達の名前が全員分とても収まりきらず、それで携帯五台持ちであるあの人だよ。

どっち側がいいとか、どっち側が優れているとか、そういうカテゴリー分けではないのだろうけれど、こうして自分の本性が暴かれてみると、普通に羨ましくもある。ひたぎに言わせれば、『「病気」にかこつけてサボっていた人間関係を、再開しただけのことよ』らしいので、本人の見解は、また違うのかもしれないけれど——僕から見るとコミュ力の塊である神原だって、その昔はすごく暗かったと自称しているものな。

わからんもんだ。

とは言え、友人がいないからと安心してばかりもいられない。友人はいなくとも（半ば絶交中といえど）幼馴染はいるわけで、あの調子だと、本当にひたぎは、老倉に、僕の紹介状を書きかねない。

やめていただきたい。

昼ドラよりどろどろの展開が待ち受ける、恐怖の三角関係が成立してしまう……、唯一の友人である命日子に関して言えば、ひたぎとは接点がないはずなので保護できるとは思うが……、命日子が彼クンよりも先に僕に、相談という形で、またはクイズという形で事情を開示してくれたように、ことによっちゃ僕のほうも、先回りして命日子に事情を開示しておくべきかもしれない。いいクイズが思いつけばの話。

ただなあ。

戦場ヶ原ひたぎからは元より、根本的に怪異絡みの現象からは、命日子をできるだけ遠ざけておきたいという僕の本音があるからなあ……、その件は今のところ、保留にせざるを得ない。

大学構外に目を向けると、それこそ神原駿河がヤバいな――と言うか、別れ話の最中に僕に謝るのなら、それより先に神原に謝れよという文句が喉のところまで出かかっていたくらいだ。なぜ神原はいいんだ……、しかしそれは冗談でなくあり得る展開である。もしも僕が、恋人から単に嫌われただけでないとするのならば、だが。

　もっけの幸いは、ひたぎが老倉と並べて、僕のリリース候補として上げていた羽川に関しては、現在、彼女のほうからも音信不通であり、奇妙な謝罪は『翼ちゃん』の元に向かう恐れはないということだ――恩人である彼女が海外で音信不通になっている事態が、もっけの幸いであるわけもないが、ひとまずそこだけはよしとしよう。

　なんて安心感。

　羽川にだけは迷惑はかけられない。

　いずれにしても、共通の知り合いに、僕が一年以上の長きにわたって心身共にＤＶ被害者だったなんて噂を流されるのは、なかなかしんどいものがある……、その点において、命日子と思想を同じくしているとまでは言いがたいのだけれど、そんな謝罪行脚がはた迷惑なのは間違いない。文字通り、はたが迷惑だし、僕も迷惑だ。

　いやいや、だからと言って、僕はそんなＤＶ被害を悪しからず思っていたんだと主張して回るのもなあ……、命日子とて、『違うよー、彼クンとは愛し合っていたんだよー』と、逐一サークル仲間全員に釈明して回るわけにもいくまいて。

　既に気持ちが離れているならなおさらである。

　僕はそうではなく、惨めに追い縋っているわけだが、とにもかくにも、軽々に結論は出せない。僕の件と命日子の件を突き合わせれば、仮説はいくらでも立てられそうだけれど、しかし仮説は所詮仮説でしかない。

　定説を唱えなければ。

　怪異現象が起きている物的証拠などひとつもない

のだ——そりゃあ物的証拠がある怪異現象のほうが珍しいけれど、今、僕の思考に、一種の感情的なベクトルがかかってしまっていることは、疑いようもなく確かなのだから。

ひたぎとの関係性を修復できる光明が覗いたようでもあるし、そちらは関係性の修復を望んではいなくとも、友人の悩みごとを、少しは軽減させてあげることができるかもしれないとなると、アロハの教えを失念して、すべてを怪異のせいにしてしまいたくもなる。

下宿に戻ってひとりになって、一服してからもう一度、いや二度三度にわたって、一晩かけて検証しようではないか——慎重を期してそう思って、大学から徒歩圏内のアパートに帰ってみると、なんと玄関の前に、隣室のお隣さんが待ち構えていた。

隣室のお隣さん。

つまりは、スープが冷めない距離にお住まいの老倉さんである……、スープが冷めない距離の割に、射程距離くらいに喧嘩ばっかりだが、おっと、開戦のゴングかな？

「阿良々木……」

地獄から火を借りに来た、もとい、醤油を借りに来たわけもない幼馴染は佇んだまま、いつもながらの狂気が溢れるまなざしで、呪詛のように言い放った。

「私が悪かったわ……、どうしてだかわからないけれど、お前にとても申し訳なく思っているの……、高校生の学級会のときも、中学生の勉強会のときも、小学生の居候のときも、常に10：0で私の責任で私に非があったのよ……、阿良々木は何も悪くない。大学生になってからも、ずっと私のことを思って引っ越してきてくれたのに辛くあたって、私のせいで阿良々木の人生、滅茶苦茶よね！　二度と姿を見せないからどうか許して！　ああもう、ああもう、ああもう、こんな私、嫌いと嫌いが嫌いで嫌いの嫌いへ嫌いな嫌いは嫌いを嫌い！」

「……はいはい」

怪異現象だ。

よし、解決しよっと。

012

「悪意について喋りましょうか。

「犯意と言ってもいいのだけれど——つまり、『ごめんなさい、そんなつもりじゃなかったのよ』という謝罪は果たして成立するのかどうか？　という問いね。

「阿良々木暦にありがちな謝罪とも言える、のかしら？

「ふふふ。

「否定しないところは好感が持てるわね。

「わざとやったんじゃなければ、罪は軽くなるのかと言えば、これが軽くなる——故意か過失かで、量刑が変化するのは、致し方ない。

「被害者の痛みも変わってくる。

「同じ交通事故に遭うのでも、向こうが法定速度を遵守していたかどうか、信号無視をしていなかったかどうか、チャイルドシートを適切に設置しているかどうかでさえ、轢かれる気持ちも変わってくる——信号無視に関して言えば、向こうが守っているときは、こっちが無視しているわけだから、責めあぐねるというのはあるにしても。

「そんなつもりじゃなかったのなら、どんなつもりだったのやら——『あなたのためを思って』は、謝らなくなった母の口癖ではあったし、それは嘘じゃなかったとは思うけれど、動機によって情状酌量の余地が生まれるのは、致し方ないと認めるしかないわ。

「そこは認めないと。

「許すしかない。

「『悪いことしたとは思っている、でもこうするしかなかったんだ』って、アクロバットな謝罪のパターンもあるから、一概には言えないけれど、やはり悪意を持って殴られたときには、殴られたことは元より、悪意を持たれたこと自体に傷ついたりもするのよね。

「詐欺の被害に遭ったとき、金銭的なダメージを負うのはもちろんのこと、『騙していいカモだと鑑定された』のが、致命的に辛いのよね――悪意がなければ他人を傷つけていいなんてことにはならないし、逆に、悪意なく他人を傷つける善男善女もいらっしゃるけれど、許しやすさという意味では、雲泥の差があるわ。

「ただし、『わざとじゃなかったんだから謝らない。謝ったら、わざとだったみたいになるから』という思想もある――わざと言ってるんじゃないでしょうけれど、その死相の出ている思想は、さすがにちょっと許しがたいわよね」

013

天地が引っ繰り返っても起こらない、老倉が僕に謝るという前代未聞の怪奇現象が発生したことで、はっきりとした確信を得た僕が取った行動は、実家に帰ることだった――厳密に言うと、実家と言うか、地元に帰るのだ。正月に帰ったところなので、これでは自動車通学していた頃と大差ないと、帰省と同時に反省をする僕だけれど、こうなると下宿で一服している暇などない。

落ち着くのはいいが、腰を落ち着けてはいられない。

言うまでもなく、謝罪を続ける老倉育という、奇妙奇天烈（きてれつ）な人物から、一刻も早く、なるべく遠くまで避難したいという本能的な名目もあったけれど、状況を理解すると同時に、ちょっとこれは僕の手には負えない事態だということも、少し考えれば、わかってしまったからだ。

認めたくはないが……。

前言を撤回するわけではないけれど、『解決しよっと』なんてノリで乗り出すには、この件は僕の得意分野とは言いにくい……、お前に得意分野などあるのかという声も聞こえてくるけれど、少なくとも苦手分野ははっきりしている。

こういう、メンタルを責めてくる系の怪異に対しては、僕は上手に振る舞えた例しがない……、吸血鬼的な不死身パワーの振るいようがないからだ。むしろ僕の経験上、吸血鬼というのは、肉体的に完成されているがゆえに、長生きすればするほど、メンタルが弱くなる。

まさか謝ってくる老倉を、吸血鬼の腕力でぶっ飛ばすわけにはいかない……、物理的に存在する妖怪変化であった、化け猫や猿の手や蛇神を相手取ったときとは、状況がまったく違うのだ（化け猫や猿の手や蛇神相手にも、ぜんぜん活躍の機会がなかったことは、ひとまず措こうじゃないか）。

それこそ戦場ヶ原ひたぎが挟まれた、蟹を相手取ったときに、シチュエーションは近い……、ここに来ていよいよ原点回帰のような有様と言うか、まさしく過去の過去の大昔を蒸し返されるようで、うんざりした気持ちになるけれど、しかしそれがひたぎの傾向なのだと言えば、なるほど、その通りなのだろう。

怪異にはそれに相応しい理由がある。

どれほど怪しく、異なっていても、理に添うている——何もかもを怪異のせいにしてはならないというのは、そういう意味でもある。怪奇現象が起きても、それは人のせいである。

というわけで、僕は地元に凱旋するのだ。

故郷に錦を飾るどころか、都落ちのようでもあるけれど、幸い、凱旋は嘘だが、僕は逃げ帰るわけではない。

助力を求めて帰宅するのだ。

人は一人で勝手に助かるだけなのかもしれないけれど、助ける場合は、その限りではあるまい――むしろ人数は多いほうがいいというのが、今の阿良々木暦のスタンスだ。

人数が集まらないだけで。

僕の人望には望みがない。

大学に入学して以降は、こういうときは、べったり斧乃木ちゃんに頼っていたものだけれど、残念ながら彼女は、監視対象のはずの僕に肩入れし過ぎたという理由で（責任を感じる）、現在無期限の謹慎を食らっている。まあ、そうでなくとも、筋肉マニアのあの式神童女は、吸血鬼以上のパワーキャラだったので、やはりこの手の奇々怪々は、専門外だろう。

童女に対しておんぶに抱っこは、求められない。

専門と言うなら、こういうときに頼るべきは専門家の面々なのだが、そちら方面の縁は、現状、完全に切れてしまっているので、アテにはできない――うーむ、たとえ友情を利用されているだけでも、やっぱり臥煙さんとのコネクションを途絶えさせてしまったのは失敗だったか。

ひたぎの蟹に対処したアロハは、今頃どこを放浪しているのだか……、斧乃木ちゃんのあるじである影縫さんの連絡先は知っているようで知らないし、たとえ知っていても、彼女はできればこちらからはアプローチしたくない暴力陰陽師である。

貝木？　誰だそれは。

そもそも専門家に頼ろうと思えばそれ相応に先立つものが必要なわけで、アルバイトもせず、仕送りのみで生計を立てている大学生には選びづらい選択肢である――それ相応が、僕には分不相応なのだ。五百万円の借金を背負うのは、もう懲り懲りである。

奨学金でもないのに。

ただし、決して八方塞がりというわけではない……、厄介で逼迫した状況を打破するための活路は既に見出せている、なんなら最初から。だからこそ僕は、フォルクスワーゲンのニュービートルを走らせて地元に帰るのだ、そこに残してきた、自分自身の内面と向き合うために。否、内面ではなく、表裏一体の裏面と言うべきだろう……。

そう。

阿良々木暦の裏面——忍野扇だ。

「かかっ。激闘の末に卒業したつもりでも、どこまでもついて回りおるわ、あの暗闇は。のう、お前様よ？」

と。

ふと見れば、ニュービートルの助手席に、正確に言うとニュービートルの助手席に設置したチャイルドシートに、金髪の幼女がふんぞり返って、鎮座ましましていた——元鉄血にして元熱血にして元冷血の元吸血鬼、一足先に忍野違いの、忍野忍のおでましである。

どんなに偉そうにふんぞり返ろうと、座っているのは王座ではなくチャイルドシートなのだが、その不遜で尊大な態度に、僕は内心、ほっと胸を撫で下ろした。

これで忍までが僕に謝り始めたら、いよいよ僕のメンタルが持たない——あの春休み、僕の血を吸ってごめんなさいなんて言われたら、一般的な吸血鬼の流儀に則って、自殺したくなるぜ。吸血鬼もどきの僕までが。

「ふん。無用な心配じゃ。儂はこれまで誰にも頭を下げたことがない。怪異の王じゃからの」

「そ、そうだっけ……？　それこそ春休み、血を吸う前には『ごめんなさい』って、すげー言ってたような……」

「儂の口調で言う場合、『御免なさい！』という命令形じゃからのう。『御免なされ』と言ったのかもしれん。『左様なら』みたいなもんじゃ。あんなのは謝ったうちに、爪先も入らん」

「うっかりミスで世界を滅ぼしたときも、結構謝っていたように思うが……」

「あれは別世界の出来事じゃからのう。なんじゃろうのう、さっぱり覚えておらんのう」

とぼけているのかもしれないけれど、それこそお前の口調で覚えていないとか言っていたら、寄る年波のせいで覚えていないみたいだぞ……、実際のところ、六百歳だしな。ただし、それを細かく指摘して、いつぞやのように己の脳をいじくり回されても困る……、僕はマイカーの内部は、綺麗に保ちたいタチなのだ。

ドーナツも車内では食べさせない。

「しかし我があるじ様もつれない男よのう。悲しいわい。助けが必要ならば、まずいの一番に、生涯のパートナーたるこの儂に求めるのが筋と言うものであろうに」

よく言う。

前回は顔も出さなかった癖に。

「僕が苦手なんだから、お前も苦手だろ。こういうメンタルな現象に関しては。お前が僕に対して謝罪会見を開くんじゃないかってのは、結構マジに心配していたんだぜ？」

「かかっ。それを言うなら、お前様にも同様の心配があるじゃろうに。儂の心配をしておる場合か。下手に地元に帰って、お前様が少女や童女や幼女や妹御にしてきたことを後悔し出すという線は、ちゃんと想定しておるか？」

「何の話だ？　身に覚えがないぜ。証拠はあるのか？」

「寄る年波のせいどころか、ただの重犯罪者の言い分になっておるぞ。懲役六百年じゃ」

ただまあ、言われてみればご指摘の通り、いつまで軽口を叩いていられるかは目下のところ不明である。老倉のお陰で何らかの事態が発生していることは確信できたけれど、しかし現象の原因は、未だ見えていないのだ。ふとした瞬間に、僕が、あるいは忍が、とめどない罪業妄想に囚われないとも限らない——僕と忍との主従関係なんて、互いに謝罪しないことでなあなあに成り立っているみたいなところがあるので、起こってしまうと、致命的である。

再び世界が滅びかねない。

「それを言うなら、お前様が頼りにしようと目論んでおる暗闇娘とて、正気とは限らんぞ」

「扇ちゃんは元々正気じゃないだろ」

「謝ってくるかもしれんぞ。昨年はあれこれちょっかいかけて失礼しました、と」

「そんな新年の挨拶みたいに謝られても……」

気がかりと言えば気がかりだけれど、しかしまあ、僕が大丈夫な間は、扇ちゃんも大丈夫なんじゃないかと思う……、僕と扇ちゃんが表裏一体である以上は。

表裏一体。

だからこそ彼女に援助を求めるわけだし……、表や裏と言うならば、忍野扇はそのエキスパートである。別世界と言うなら、いつぞや、『鏡の世界』に迷い込んだときも、結果としては忍野扇に救われたようなものだったのだから。

「あのときの、元気溌剌で陽キャなリバース老倉も大概だったが、謝罪する老倉なんてのは、マジで目も当てられないぜ……、なんとしても正気に戻って、僕を罵ってもらわないと、折角引っ越した張り合いがない」

「前から言っておるように、まずお前様が謝れよ。あのジェネリック娘に」

「ジェネリックって言うな、老倉のことを。あいつはひたぎの廉価版じゃない」

あのときと違って、全体が引っ繰り返っているわけではないことも、注視すべきポイントではある……、世界全体という意味でもそうだし、個人レベルでも、そうだ。

戦場ヶ原ひたぎも、老倉育も、のべつ幕なしに平謝りしてくるという一点を除けば、およそ通常運転だったと言っていい……、ただ、謝罪がハイウェイ走行だっただけだ。

「ハイウェイって言うか、もうドイツの高速道路みたいな勢いだったぜ。なんだっけ、あれ……、バーンアウト」

「アウトバーンじゃ。バーンアウトでは燃え尽きとるじゃろ」

「実際、燃え尽きるかと思ったよ。消し炭も残らないほどさらさらに。……ああ、でも、『鏡の世界』と言えば、あっちじゃお前、『うつくし姫』だったんだよな」

「ふふん。今でも美しくはあるがの」

　ブロンドヘアをかき上げる仕草をしてみせる忍である、チャイルドシートで。

　締まらないな、ベルトは締まっているのに。

「姫が奴隷になっただけじゃ。『うつくし奴隷』と呼んでくれても構わん。それがどうした？」

「ひたぎが希死念慮を口にしたときにも思い出したんだが、『うつくし姫』状態のお前は、あまりに高貴で、謁見する者すべてに劣等感を抱かせ、『生きているのが申し訳ない気持ち』にさせてたんだよな？」

　先述のように、この現象に関して忍の協力はないほうがいいとさえ思っていた僕だが、こうして出てきてくれた以上、そこだけは詰めておいたほうがいいかもしれない……、ひたぎの希死念慮はあくまでレトリックだとは思うけれど、実際に『鏡の世界』で、『うつくし姫』を前に自ら命を絶ちかけた僕としては、最悪を想定しておきたい。

　ボーイスカウト的に言うなら、『最悪に備えよ、常に』である。

「なんじゃ。この件も儂が犯人じゃと言うつもりか。これはこれは、とんだ濡れ衣を着せられたものじゃのう。よかろう、逮捕してみるがよい。どうせすぐに釈放されることになる」

「お前こそ重犯罪者の台詞。なんらかの特権階級に属していそう」

　まあそりゃそうか。

　特権階級も何も、姫だものな。

　王でもあった。

「しかし、姫時代はおよそ六百年前の本気で昔のことじゃから、定かではないの。それに、あれは怪異現象ではなかった」

「そうだっけ？」

「儂が吸血鬼になる以前の特性じゃったからの――むしろその特性を喪失するために、儂はキスショット・アセロラオリオン・ハートアンダーブレードになった――ような、ならなかったような……」

　本気で記憶が曖昧じゃないか。

　でも、そう言えばそうだった……、油断すると、いつか羽川に教えてもらった吸血鬼のスキルのひとつである『魅了』と、わやくちゃにこんがらがってしまいそうだが、あの『生きていてごめんなさい』は、ひたぎや老倉の、あるいは彼クンの謝罪攻勢とは似て非なる。

　と言うか、同じだったら困る。

「つまり、あれは怪異としての特性じゃなく、人間としてのスキルだったと？　だとすれば、こんな仮説が生まれるな。即ち、僕や命日子の人間力が、周囲に影響を及ぼしているという……」

「は！　「はは！　「ははは！　「はははは！　「ははははは！」

「吸血鬼笑い」

　僕も言ってて、自分で笑いそうになってしまったけれど……、食飼命日子は結構独特な変わり者で、かつ人気者でもあるけれど、さすがに姫クラスかと言われると、そこまでのカリスマ性を求めるのは無茶だ。

　僕に及んでは言うまでもない。

　言いたくもない。

　カリスマ？　アーリーサマーかと思ったぜ。

「アーリーサマーも別にお前様らしくはないじゃろ。

むしろ真冬じゃ」

さんざ笑った忍は、息を整えてからそう突っ込んで（急速冷凍かよ）、

「確かなことは儂も言えんが、うぬやうぬのお友達も含め、生きた人間の所業っぽくはないのう――お前様の読み通り、生きざる怪異の仕業と見るのが適切じゃろう。力業や、力尽くが通用せん、生きざる怪異がの。……もっとも、生きた人間が生きざる怪異を使役しておる可能性は残るがの」

と所見を述べた。

条件付きとは言え、一応は僕の独断専行に賛成してくれた感じか――心強いぜ。まあ、僕と忍が一致団結したときは間違うことも多いので、ここで自己批判を緩めるわけにはいかないが。

「じゃあ『うつくし姫』ならぬ『怪異の王』としての心当たりはどうだ？　こんな風にメンタルに作用する怪異ってのはいるのか？」

「儂はグルメではなかったからのう。エネルギー源ではあったが、さりとて怪異のヴァリエーションに詳しいわけではない。栄要素の大雑把な分類しかできんわ」

「でも、『囲い火蜂』のこととか、教えてくれたじゃん」

あれは肉体に作用する怪異――だったか？　いや、プラシーボ効果という意味では、精神に作用する怪異か――根っこのところは、詐欺みたいなものだったわけだし。

「あれはアロハ小僧からの受け売りに過ぎんよ。門前の小娘じゃや。今、こうしてお前様の影に縛られているように、例の学習塾跡に縛られておったとき、講釈を受けておった」

「ああ、そう言えばそうだっけ。孔雀ちゃんのときも、伝聞だったな」

「それも、もうだいぶ忘れた。今、急に『囲い火蜂』とかわけのわからんことを言われて、非常にきょとんとしておる」

アテにならない記憶力だなあ……、案外、死屍累生死郎のことも、本当に忘れていたんじゃないだろうか、こいつは。

長生きなんてするもんじゃねえ。

生きてて欲しいけども。

ただし、アロハの教えについてはともかく、忘れなければ生きていけないことも多々あるだろう……、それは罪だったりも、罪悪だったりもする。

被害と加害。

やったほうは忘れてもやられたほうは忘れない——忘れるほうは忘れても、忘れられるほうは忘れない、のか？　ならばやはりアロハ小僧こと忍野メメの姪、忍野扇に期待をかけるしかないのだが……、彼女自身は決して怪異のオーソリティではないけれども、しかしこれは、明らかに彼女のジャンルだしな。

好みのメニューであるとも言える——なにせ忍野扇は、僕を精神的に追い詰めるのが趣味みたいなメンタリティの後輩だったのだから。

精神攻撃はお家芸だ。

「………」

かつて『うつくし姫』だった忍を、本気で疑っていたわけではないけれども、扇ちゃんがこの件の黒幕だという可能性は、実のところ、それなりにあるな？

そうなると、こうして地元に向けてクルマを走らせているのは、飛んで火に入る夏の虫みたいなものだが、他にこれと言った手立てがないのも現状だ。卒業を目前に一応の決着をつけたつもりではあるが、できる限りの用心はしなければ、とんだリベンジを食らいかねない。

ま、昔の後輩に先輩風を吹かせるみたいにはいかないってことだ——面会にあたっては、せいぜい、覚悟を決めておかねば。

「とは言え……、実家に帰ったところで、まず扇ちゃんに面会するのが難しいんだよな。あの子、どこに住んでいるのかからして、非常に謎めいているから」

扇ちゃんは現在、直江津高校の二年生なのだから、いよいよとなれば母校を訪ねれば事足りるだろうが、高校生活の大半にあまり愉快な記憶がない卒業生としては、かの地にはなるべく近付きたくないというのが本音だ。

その辺は考えなしだったが、さて、どうしたものかな。理解を超えた現象が起きている今、個人的な我儘をいっているときではないのも間違いないわけで……。

なので、いよいよとなればそれも辞さないが、その前に、打てる手はきちんと打っておこう——僕の裏面とは言ったものの、今現在の忍野扇は、もうひとりの僕の後輩、直江津高校のスーパースター、バスケットボール部の元エース、神原駿河とつるんでいることを見逃してはならない。かつて猿に願った少女に寄り添って、まあ、あれこれちょっかいをかけている。

つまりナビには、神原家の住所を入力するのが正着である——思えば扇ちゃんと最後に会ったのも神原家の門前だったわけだし、ついでに久し振りに可愛い後輩の部屋でも片付けるとするぜ。

014

「ただ——そのほうが許しやすいというのであれば、たとえ悪意のあるわざとだったとしても、そんなつもりのない過失だったとして謝るほうが、コスパがいいわよね。

「合理的と言うか。

「合法的と言うか。

「良かれと思った振りをするのが良かれかしら。

「いえ、そんなのはただの嘘じゃないかと仰るでしょうが、でも如何でしょう、謝罪を受ける側の被害者は、私が正直者であることよりも、私のやらかしがわざとじゃなかったほうを望むんじゃないかしら――私が人格者であることよりも、自分が被害者じゃないことを望むんじゃないかしら。

「私ならそう。

「被害者本位で考えてほしい。

「そんなつもりはなかった、とても信じてはもらえないだろうけれど、間の悪いたまたまが重なってしまったんだ――と言ってくれたほうが、これ見よがしに非を認められるよりも、案外、すっきりするかもしれない。

「私は悪くない、私は間違っていないと思うのと同様に、誰も悪くない、誰も間違っていないという世界観に、身を置きたいのかも――薄々嘘を吐いているんだろうなと勘付きつつも、それを殊更指摘したりはせず、素知らぬ顔で鷹揚に許すというのが、大人の処世術なのでしょうね。

「誰のせいでもないミス。

「悪人はいない。

「ある意味で、だらだらとした言い訳を聞かされるよりも、妥協しやすい口実を差し出してくれたほうが、怒っているほうも助かるわけで、その落としどころを提供するために嘘を吐くのは、決して悪行ではない。

「と、言いたいところだけれど、それも場合によりけりで、その見え見えの嘘がばれたら、ただの見苦しい自己弁護でしかなくなり、より強い不興を買ってしまうのも事実――あなたのためを思って許しやすい嘘を吐いたんだなんて言っても、逆効果でしかないでしょう。

「被害者本位どころか自分本位。

「そのリスクを思うと、手を尽くさずに最初から正直に謝ると言うのも、たったひとつのではなくとも、冴えたやりかたではあるわけだ――私は推奨しないけれどね。

「謝罪の目的をどこに置くかにもよる。

「相手を楽にするためなのか。

「自分が楽になるためなのか。

「相手を苦しめるため——謝罪を重ねるケースも、散見される。

「謝罪を重ねることで、罪を重ねる。

「重ね重ね、重々と。

015

「お！　阿良々木パイセンじゃないッスか！　うわあ、お久し振りでやんすなあ！　相も変わらず色男でいらっしゃる、極楽鳥かと思いましたぜ！　わざわざうちを探して会いに来てくれたんッスか？　ささ、自分の家だと思ってあがってけろ、だべりましょうや！」

断っておくが、断じて僕の可愛い後輩、神原駿河の台詞でも、まして僕の可愛い分身、忍野扇の台詞でもない。

実家の駐車場にニュービートルを停めて、ちょっと妹達とじゃれてから、徒歩で神原家に向かった僕を、広大な日本家屋の玄関から出迎えたのは（ちなみに忍は影に潜み直した。あの金髪幼女は、神原をひどく苦手としている）、誰あろう、日傘星雨だった。

いや、誰あろうって、誰だよ。

お前モンスターシーズンになってからずっと出てるけど、別に人気キャラとかでもないじゃん。今のところ反響ないよ、お前に。

「まーまー、人気とかないほうが、好き勝手できていいじゃないッスか。いやー、るがーに留守番を任されて安請け合いしたものの、そろそろ退屈を持て余していたんッスけど、思いがけず阿良々木パイセンに会えてアゲアゲっすよ、うち」

ちょっと会わない間にギャル化しとる。

うちとか言ってなかったじゃん。

体育会系のバスケットボール部員だったはずなのに……、ああ、でもとっくに引退していて、なんだかんだで部活動に首を突っ込み続けていたのは、いざこざが続いていたからだもんな。

それに一区切りがついたことで、気が抜けたのかも知れない……、気が抜けたと言うか、垢抜けたと言うか。

でも、受験生だろ。

年も明けて、これからが本番だろ。

「あ、でも、実は頭いいキャラだったりするんだっけ？　日傘ちゃんも」

「いえ？　ぜんぜん？　むっちゃ阿呆ッスよ」

逆に頼もしいな、なんか。

思いもしない理論からＡＢＣ予想を解決しそうだ。

「いやー、うち、追い込みの時期に追い込まれちゃって。ぽきっと心が折れました。年末にあったオープンキャンパスも全ブッチしたッスよ。オープンキャンパスに心を閉ざしたッス」

うまいこと言うけど、言ってる場合か？

オープンキャンパス……、僕の大学にもあったのかな。

「えーっと、神原は？　留守番を任されてるって言ってたけど……、家族旅行か何かか？　高校はまだ、冬休みなんだっけ？」

「いえ、るがーはいつも通り扇くんとお出かけッス。木乃伊がどうとか、供養がどうとか。ただ、お祖父ちゃんとお祖母ちゃんが、正月期間は本家に逗留しなきゃとか、なんとか？」

「本家？」

こんな立派な屋敷だから、ここが本家みたいな雰囲気だけれど、更に大本があるのだろうか……、孫の神原がその『家族旅行』に同行しないのは、跡取りだった父親の駆け落ち先で産まれたという事情があるから……、よその家庭は複雑だぜ。

うちがシンプルに思えてくる。

「で、るがーも一人じゃ寂しいだろうと、こうしてうちが入り浸って、勉強部屋を貸してもらっているんッス。ま、うちは勉強は大人になってからすればいいと思ってるタイプなんで、ごろごろしながらテレビ見てるだけッスけど」

くつろいでるわけだ、自分の家だと思って。器がでかい後輩だ。

そう言えば、僕の実家でもくつろいでたしな、この子は……、大学生活でも思ったことだけれど、本当、世の中にはいろんな人間がいるよ。高校生のときにそれに気付いていればなあ。三年のうち二年以上損をした気分だ。

「さ、そんなわけで、るがーに何の用だか知らないッスけど、阿良々木パイセン、這入(はい)って這入って。スーパースターはそのうち帰ってきますから、しばしこの小惑星と遊んでやってください。今ならまだ、うちの手作りのブルーベリーバナナピーチメロンマフィンが残ってるッスよ！」

「フルーツの割合のほうが生地(きじ)より多くないかい、そのマフィン？」

それがなんらかのマクガフィンだとしたら、なんとも嫌な伏線だ……、しかし、そろそろ僕もアポイントメントを取る癖をつけないとな。

偶然の出会い、必然の出会い頭にばかり頼っているから、こんな準レギュラーとエンカウントする羽目になる——仕方ない、今の扇ちゃんの優先順位は、僕よりも神原なのだ。

扇ちゃんが僕にばかり構ってくれていた時代の終わりを思わぬ形で体感しつつ、阿良々木暦はギャル化した女子高生に誘われるがままに、勝手知ったる他人の家に上がり込むのだった。

描写してみると、やっていることは各方面から、ほぼ犯罪者である——ただし、決して考えなしに流されているわけではないことはちゃんと述べておこう。

　男子三日会わざれば刮目して見よと言うが、僕が地元を離れてからわずか数ヵ月で、日傘ちゃんは（受験のストレスから？）ギャル化していた――しかし、そうは言っても、僕に対してお詫び申し上げては来なかった。

　そもそも日傘ちゃんに謝られるようなことはされていないのだが、それを言うなら、ひたぎにだって、老倉にだってされていないわけで――奇妙な謝罪ブームの魔の手は、少なくとも僕の地元までは伸びていないわけだ。

　だが、門前での会話だけでジャッジするのもいささか早計である、もう少し探りを入れてみたい……、いわば、専門家が言うところのフィールドワークである。

　サンプリング調査とでも言うべきか。

　ランダムな出会いだからこそできることだ――実を言えば、実家に寄った際、妹達相手にも既におこなっている分析である。

　ただじゃれてきたわけじゃない。

　妹とじゃれるのには理由がある。必然性が。

　お前ら僕に何か謝らなきゃいけないことがあるんじゃないのかとふたりの妹、火憐と月火を詰問したが、しかし暖簾に腕押しと言うか糠に釘と言うか、二人とも、まるで思い当たるところがなさそうだった。

　もっとも、糠床に錆びた釘を入れるのは、正しい作法だとも言えるので、暖簾に腕押しと並べて語るのも、語義的にはおかしいと、命日子なら指摘する局面かもしれないけれど……、ともあれ、なので、ただじゃれて終わった。

　実家を離れていた分だけじゃれ尽くした。

「じゃからお前様が謝れよ。大学生にもなって妹御とじゃれておることを」

「謝らない。むしろ誉めて欲しいと思っている。全盛期の僕だったら、妹とじゃれているだけで百ページ使っていたところだぜ」

「嫌な全盛期じゃ。発情期じゃろうが」

自制が利いたというよりは令和のコンプライアンス的にカットされただけのような気もするけれど、まあ、そんな会話もあったりなかったりしたものの。

いずれにせよ、高校生になった火憐はまだしも、月火が僕に謝ったりなんかしたら、僕は吸血鬼の不死性も虚しくショック死し、長きにわたってご愛読いただいた物語シリーズも遂に終焉を迎えていただろうが（老倉よりも、忍よりも、絶対に謝りそうにない妹なのだ。謝れと言われたら怒り出すピーキーさだ……、あれはもう信念だ）、これで日傘ちゃんも異常がないようであれば、今のところ、地元は、ほぼセーフティーエリアであると、ほぼ判断して、ほぼいい。

ほぼの三段重ね。

逆に言えば、危険水域なのは曲直瀬大学だ。

今のところ、怪異現象の起きている範囲は、大学内に限定されている——彼クンも、ひたぎも、老倉も、曲直瀬大学の学生である。僕や命日子のように、異常が起きていない学生もいるので、これもあくまで、仮説に過ぎないが……、僕達は例外なのか、それとも。

日傘ちゃんのカウンセリングは、あくまで突発的なサンプリング調査でしかないけれど、実はこれは結構重要な聴取でもあって、もしも地元がセーフティーエリアなのであれば、扇ちゃんの容疑は、八割方晴れると言っていいからだ。

八割方でも晴れがましい。

今や神原にべったりの扇ちゃんが、遠く離れた僕にかまけているなんて、自意識過剰だったかもしれないけれど……、その場合、協力してもらえるかどうかという危惧が生じる。

ま、その辺はあとで考えよう。

まずは日傘ちゃんだ。僕の取り調べテクニックを存分に発揮して、アスリートから方針を変更してギャル化した彼女の精神性を、隅々まで暴き尽くそうではないか。

　丸裸にしてやるぜ。

　……令和のコンプライアンス的には、この慣用句も駄目かな？

「ささ、どうぞどうぞ。今、座るところ作るッスから。すみませんねー、うちのるがーったら、部屋をこんな散らかしっぱなしで」

「……これ、半分くらい日傘ちゃんが散らかしてない？　無惨にも引きちぎられた、真新しい参考書とかおニューの辞書とかが散見されるんだけど」

　参考書はまだしも、辞書って引きちぎれるの？

　猿の手でもないのに？

「へっへっへ。バスケで鍛えた筋力が活かされましたぜ」

「脳を鍛えなさいよ、お嬢さん」

　誰が散らかしたにしても、ほんの数ヵ月来なかっただけで神原の部屋は、もう絵にも描けないくらいぐちゃぐちゃになっていた。

　ゴミ屋敷一軒分のゴミが、一部屋に詰め込まれていると言えばいいのだろうか、それとも悪いのだろうか。和室なのだが畳が一帖も見えないし、なんなら襖も柱も、天井付近がわずかに垣間見えるくらいだ――ゴミを捨てろ、物を減らせ、使ったら元の場所に戻せと、あれだけ口を酸っぱくして言ったのに、地元を離れるとき、あいつには箒と塵取りをプレゼントしたのに、先輩からの老婆心が、まったく届いていない。なんなら箒と塵取りも、今や部屋のどこかに埋もれていることだろう。

「ドラえもんのひみつ道具で、昔はタケコプターが一番欲しかったッスけど、今はアンキパンが欲しいッスね」

「僕は昔から今に至るまで一貫して、悪魔のパスポートが欲しいな」

「邪悪さしか滲んでないッスよ、阿良々木パイセン。まだしも地球はかいばくだんが欲しいっていう児童のほうが健全ッス」

邪悪さしか滲んでいない阿良々木パイセンは、流れるように部屋の清掃を始めるのだったが、これはあくまでもついでである——神原と扇ちゃんが戻ってくる前に、日傘ちゃんへのインタビューを済ませなければ。

「マフィンのお供に、なんか飲まれますッス？　阿良々木パイセン。この辺のペットボトル、まだ飲みさしッスよ？　いやあ、るがーの部屋は宝の山ッスね」

「神原はまだ、ゴミはゴミだとわかっていたよ。きみの堕落が止まるところを知らないな。体育会系がダレると見ちゃいられないぜ——」

素直な、そして悲しい感想でしかなかったけれど、しかし聞き取り調査のとっかかりとしては悪くなかったので、そのまま僕は、こう繋いだ。

「——申し訳ないって思わないのかい？　そんな有様で。僕に」

「なんで阿良々木パイセンに申し訳ないって思うんッスか、うちのこの有様を」

ゴミのベッドに寝っ転がって、怪訝そうな顔をする日傘ちゃん——ゴミのベッドというのは比喩ではなく、ベッドがゴミのように、斜めに裏返って、室内に立てかけられているのだ。

「ママにはちょっと悪いと思ってるッスけども。そりゃ」

あー、そう言えば我が家の火憐も、一度グレたことがあったなーと、懐かしく思い出す——グレたと言うか、中学入学でテンションが上がっていたと言うか。

火憐ちゃんはママに怒られ、更生した。

怒られと言うか、ぶん殴られだったが……、仮に、火憐があのときのことを、改めて母親に謝ると言うのであれば、まあなんか、いい話っぽくはある。

実際、申し訳ないと思っているだろうし。

だが、もしも母親が、娘への暴力を謝罪したら、それもいい話になるのだろうか？　たぶん、火憐はもう気にしていないのに、どころか、殴られたことを感謝さえしているだろうに——あのとき殴ったのは間違いだったと言われて、あの一本気な妹は、いったい、どういう気分になる？

ただ、それこそ体育会系で、体罰を受けつつ、そうでなくともスパルタで育成されてきた世代が、『あれは愛の鞭だった、厳しくされてきたから、今の自分があるんだ』と主張するのを、満額で受け入れられるかと言えば、やっぱり難しいわけで……、直江津高校の女子バスケットボール部は、そんな爆弾（部活はかいばくだん）を抱えていて、スーパースター世代が抜けたときに、それが爆発した。

「……女バスは、その後どうなんだ？　収まったと思ったトラブルがまたしても再発とか、してないのか？」

「うちとるがーが睨みを利かしてるから、今のところは大丈夫ッスよ。むしろ、今はうちが後輩に心配されてるッスけど。そッスね、それも悪いと思ってますッス。最後にこんな背中を見せてしまって申し訳ないって」

ふーむ。

どうなんだろう、この辺は通常の謝意というようにも思える。僕が忍からことあるたびに受けている突っ込みじゃないが、それは正式に謝れよと言いたくなるし……。

「今、後輩達は受験の恐怖に怯えてるッス。がたがた震えてるッス、頼れる元キャップを、こうも堕落させてしまう詰め込み教育に」

「よければ僕が勉強を見てやるよ。理数系なら、多少は教えられると思うぜ」

「おっと、魅力的な学習計画ッスね。阿良々木パイセンに手取り足取りなんて。るがーに嫉妬されちゃいそうッス」

「そのるがーのほうはどうなんだ？」

本筋とは逸れるが、この追い込みの時期に、扇ちゃんと出歩いているようでは心配である。去年の今頃、追い込みの時期に蛇神と戯れていた僕に心配されるようでは、本当に危ういぞ。

「あいつはここぞってときに強い女ッスよ。自慢の友人ッス。直江津高校にも、努力と根性だけで受かったようなもんッスし、ものが違うッスよ、うちら凡人とは」

すっかりやさぐれちゃって……。

僕、落ちぶれてたときこんな感じだったの？

うちらとか、ナチュラルに巻き込まれているあたり、そうだったんだろうけども……、ただまあ、そこが僕の地元の可愛いところと言うか、ギャルに関する知識がステレオタイプで、グレようにも悪ぶろうにもこの辺がある種の限界であるみたいなところは否めないな。

中学生が正義の味方をやっていた町だからなあ……、詐欺師に食い物にされるわけだ。

「うちみたいなドロップアウト組、いっぱいいるッスよ。なんも珍しくないッス。なあに、たかが受験じゃないッスか。しばらくは路上でストバスでもしますよ、やんちゃな小学生と」

「おいおい、高校三年生が小学生と遊ぼうだなんて……」

それ、僕だな。

マジで珍しくねえ。

だが、話を戻すと、ここまでいろいろ変貌を遂げた日傘ちゃんでも、彼クンやひたぎや老倉のような変化は見られないと言うことでもある。こうして立て続けに、症状のない例に向き合っていると、やっぱりすべては僕の勘違いなんじゃないかという気にもなってくる。

得たはずの確信が揺らぐ。彼クンの話なんてのはあくまで伝聞だし、考えてみればひたぎや老倉の奇行なんて、いつものことと言えばいつものことなのでは？

「なんスか、阿良々木パイセン。最近、謝罪がマイブームなんスか？」

「マイブームって言うか……、僕のブームじゃないんだけれど」

さすがに僕の聞き取りに疑問を抱いたのか、似非(えせ)ギャルが逆質問に打って出てきた。いかん、適切な言い訳をしないと……、僕の戦いに、無辜(むこ)の民を巻き込むわけにはいかない。

既に相当客いじりをおこなっているようなものではあるが、

「大学のレポートの課題でね。犯罪心理学の授業で、加害者から被害者への謝罪行為について、学んでいる最中なんだ」

と、僕にしてはなかなか気の利いた言い訳を提出した。

「へー。そうなんッスか。なんか小難しいことやるんスね、大学は。聞いてるだけで頭痛いっス。受験やめてよかったッス」

「諦(あきら)めるのはまだ早いぞ、日傘ちゃん」

「てっきりうちは、阿良々木パイセンが、およそ謝りそうもない親しい人間ふたりくらいから唐突に連続で謝罪でもされて、面食らっているから、広く意見を募っているのかと思ったッスよ」

鋭過ぎるだろ。

ちゃんと受験勉強しろって、だから。

勿体ねー。

僕みたいに『付き合ってる同級生の彼女と同じ進路に進みたいから』なんて理由で大学を志した奴もいるのに、こうやって教育機会を逃していく後輩を、とても放置できねえよ。

でも、鋭敏な日傘ちゃんも、さすがに紹介どころか、話したこともない命日子のことまでは、命日子の付き合っている彼クンのことまでは直感できなかったか。

それができたら、臥煙さんだ。『なんでも知ってるおねーさん』こと、臥煙パイセンだ。

「うんうん、でもわかるッスよ。謝罪って行き過ぎりゃ暴力ッスもんね」

「ん？　謝罪が暴力？」

どこかで聞いたな。

そうだ、命日子も言っていたんだ、それ。

「ほら、どんなにこっちに理があっても、頭丸められたり土下座されたりしたら、悪者みたいな気持ちにさせられるじゃないッスか。理屈じゃなく居心地悪いッスよ」

ああ、なるほどね。

被害と加害の表裏が更に引っ繰り返ると言えばいいのだろうか、『過剰に謝らせる』という加害を、被害者が加害者に被らせるという、ややこしい構成になるわけだ。

謝ることで被害者をでっち上げるのと、仕組みは同じ。

手厳しい叱責を受けたときには、過剰な謝罪をおこなうことで、責め手を黙らせるというのは、ならば鮮やかなやりかたでもあるのだろう——防御は最大の攻撃ってわけか。

「うちに言わせれば、それで勝っても、カドメイアの勝利って気がするッスけどねえ」

「角番の勝利？　まあそうかもな。そう言えば、僕も妹に土下座されたとき、同じことを思った。その土下座は暴力だぞって」

「阿良々木パイセン、妹に土下座させたんッスか……？」

「ああ！　そら見たことか、言わんこっちゃない、僕が悪者になった！」

させたんじゃなくてされたんだと主張したい……、ちなみに、その土下座のあと、物語シリーズ一番の名シーンが繰り広げられているのが該当箇所なので、参照されたし……、もっとも、あのときの土下座は、謝罪ではなく懇願だったが。

憧れのスーパースターに会わせてくれという……、神原先生の家に来たから、思わず思い出しちまったぜ。

「そう言えば、僕が金髪幼女に土下座したときも、懇願だったな……、あれは自分から積極的にしたんだ」

「謝罪どころか、土下座がマイブームだった時期があるんスか？　阿良々木パイセン」

ドン引きのギャルだったが、そう言われると、ぐうの音も出ない。過去の罪を糾弾されている気分になる——土下座して謝ろうかな。

というのが、今はギャグとして成立しない。

つまり、そういうことなんだろうから。

「でも、謝罪が暴力なら、許す行為も、『許してやったんだ』って、ただのマウンティングになりかねないよな」

「うちもかつて、女バスでぶいぶい言わせていた頃は、後輩に説教とかぶちかましたことあるッスけど——今から思えばいい時代でした——、反省してなくてもすんなり謝れる子は多かったッスよ。こっちもそれでいいと思ってましたし」

「いいと思ってたの？　反省してないんだろ？」

「謝罪は儀式ッスから。形式が保てれば体裁も保てるって理屈でして。誠意がなくても誠意を示してくれれば、納得できるッス。納得って言うか、納刀ッスかね」

バスケットボールのゲームで言うなら、試合で負けたときは、どんなにはらわたが煮えくりかえっていても、最後はコート中央で『あしたっ！』って言うのと同じッスよ——と、日傘ちゃん。

「あの挨拶は『ありがとうございました』の略ッスけどね。あはは、『ごめんなさいじゃなくてありがとうって言えばよかったんだ』って流れ、映画でままありますけれど、現実の場合は、いやいいからちゃんと謝れやって思うッスよね」

ふむ……、謝罪が暴力であるというのは現実的には極論だろうが、謝罪が儀式であるというのは、僕の架空のレポートに書いておいてもいいような見識かな。戦争の後の講和条約のようなもので、それを結ぶことで、ようやく終戦であるように。

彼クン、ひたぎ、老倉の謝罪攻勢は、一見負けを認めているようでいて、条約を結ぼうとはしていない……、滅びるまで戦う気満々だった。破滅的で、自滅的で……、儀式というのはそれでも大袈裟かもしれないけれど、少なくとも彼女達は、謝罪のマナーを無視していた。

自分自分だった。

どんなに定型的に見えても、菓子折を持参することには、それなりの意味があるのだろう。誰に謝っているのかわからない謝罪会見も、禊として、社会的意義がないわけではない。たとえ悪いと思っていなくても、悪いと思っている風の擬態をしてくれれば、それである程度の溜飲が下がる心理は、決して異常心理ではなかろう。

「丸坊主や土下座ならまだしも、切腹まで至れば、異常心理ッスけどね。理不尽であればあるほど、そこに感情がこもっているとジャッジできるってことなんスかね？　事実として謝らせる側がそこまで望んでいた頃もあるんスから、日本ってすげーッスよね、にこーっ」

「にこーっ、って。笑えんだろ」

いや、実際笑えない。

もしも謝罪の究極が切腹、でなくとも、何らかの自死なのだとすれば、今回のトラブルの行き着く先がそこになってしまう……、『うつくし姫』の童話である。

切腹にもマナーはあるが……。

「謝罪の作法を弁えないと、ただのうざい奴になっちゃうって寸法ッスよ。もちろん、切腹とか晒し首とか、過剰な謝罪を求める奴がいるから、過剰な謝罪をする奴もいるって側面もあるッス」

「晒し首も謝罪か……」

罪の償いとして、自死の更に先はそこになるのか……、切腹は武士の名誉だったって逸話もあったな、そう言えば。

「首を切られた鶏が走り回る様子を見れば、怒りも冷めるんじゃないッスか？」

「怒りが冷めるどころじゃないが……」

　普通に冷める。

「悪玉にされちゃうって言うか、過剰な謝罪をされたら、過剰な謝罪を求めたみたいになっちゃうメカニズムが、関係を修復どころか、悪化させることもあるッスね。うちは結構、そういうトラブルの仲立ちをすることも多かったッスけど、よく使ったのは、なあなあにするって手でした」

「うん、僕も金髪幼女とはなあなあだよ」

「ずぶずぶなんじゃないっすか？　それ。阿良々木パイセン、都度都度うちを引かせようとするッスね。引きませんよォ。今までのは後輩相手のエピソードなんッスけど、対等な関係であるるがーと喧嘩したときなんかは、ふわっと着地させますッスね。うちのほうからは」

「るがーのほうからは？」

「あいつはああいう奴ですから、悪びれずに率直に謝りますッス。謝ったくらいでは己の値打ちが下がることはないって確信できてる奴は、強いッスねー。謝ることで成長できる奴ッス」

　実際には、猿に願ったように、今も扇ちゃんにつきまとわれているように、神原のメンタルにも幅の広い揺らぎはあるわけだが、しかしあいつが僕とかよりもぜんぜんさっぱりしていることは確かだ——間違っても、一度手打ちにしたことを、ねちねち蒸し返すタイプではない。

　粘着質なストーカーでこそあったがな。

「もちろん、うちも謝るときはすぱっと謝りますッスよ。そこは誤解しないで欲しいッス。るがーのバッシュを借りっぱになっていることは、言われるたびに平身低頭謝りますし」

「それは返す気がないだけじゃ……」

「でも、るがーの私物を、あいつの非公式ファンクラブ『神原スール』に横流しして小銭を稼いでいたことについては、まだ謝ってないッス」

「わるっ！　そちらのほうが謝らないと、友情に亀裂が入るだろ」

「それが微妙なところで、謝るほうが亀裂が入りそうで。謝罪したら、罪を認めたことになるッスから。逆に、謝罪さえしなければ、罪は存在しなかったことになるッス」

　すごい逆説だな。逆張りと言うか。

　しかし、倫理観はさておいて、手打ちという結果に至らないことで、喧嘩という経過や、罪という原因を、なかったことにするという手法は、それなりに有効であるようにも思えた。『謝ることなんて何もないんだよ』とか、『許すことなんてひとつもないってば』みたいな台詞は、寛大な振る舞いのようでいて、実は、生じた問題からすっと目を逸らしているだけなのかもしれない。

　聞かなかったことにしましょう、だ。

　僕と忍がそうであるとは、そりゃ認めたくないけれど……。

「るがー相手じゃ付き合いが長過ぎて、下手に謝ると、別の負い目で連鎖的に怒られる恐れもあるッス。『この際だから言っておくが』とか言って、今それ関係ないじゃん！　みたいな。ここぞとばかりに普段の鬱憤を畳みかけられる、謝った事実だけじゃ済まないリスクがあるから、軽はずみな謝罪はやばいッス」

　なるほど。

　その点に限定してだけ落ち度を認める、っていうのも、難しいわけだ……、普段の不満が噴出するきっかけになりかねない。戦争を仕掛ける理由になりかねない。

「そう考えると、謝罪もバランスだな。非対称性……、加害者が謝ろうとしても、そんな風に被害者が謝らせてくれないケースもあるわけで……、僕がよく言われたのは、『謝らなくていいから、次はちゃんとやって』って奴だ。妹から」

「妹からッスか」

言うまでもなく月火のほうである。

僕も馬鹿だから、やった！　謝らなくていいんだ！　と快哉を叫んでいたけれど、考えてみれば、謝罪の機会を与えないというのは、加害者に更生の機会を与えない、罪の意識を持たせ続けるということでもあって、それはそれで罰になりうる。

もしもひたぎが、僕のほっぺたをホッチキスで綴じたことを、僕が口頭の謝罪だけでなあなあにしていたことを、ずっと気に病んでいたというのであれば、言葉もないが……。

「じゃあ、日傘ちゃん」

続けているうちに、部屋の片付けにはどうやら本腰を入れなければならないことが判明してきたので、事情聴取を締めくくることにした――この片付け、片手間では片付かない。

「百歩譲って、きみの言う通り、絶対に謝りそうもない奴が、僕に謝ってきたんだとして……」

「別にそんなところで百歩も譲ってもらわなくていいんッスけど……、それよりそこのマフィン、早く食べてくださいよ。女子の手作りスイーツにかぶりついてくださいッス」

「え？　この固体がマフィンだったの？」

危ない。片付けてしまうところだった。

放置された不純物の塊かと思って、手をつけられずにいたのだが……、まあ、ギャルっぽくデコられていると言えば、そのようでもある……、それはともかく。

「受験勉強の息抜きだと思って、考えてみて欲しいんだ。生き抜くための息抜きだと思って」

「さりげにうちを受験勉強のレールに戻そうとしてくれてますッスね。阿良々木パイセン、マジリスペクト。お礼と言ってはなんですッスが、謎解きに取り組みましょう？　この日傘クリスティが」

「もしも同じことがきみの身に起きたら、どうする？　どう思う？　生まれてこのかた人に頭を下げたこともないような傲岸不遜の人物が、へいこら謝ってきたら、そこに誠意を感じるかい？　それとも暴力的だって感じるかい？」

「どうなんでしょうね。プライドをかなぐり捨てて謝罪しているんだとしても、それはつまり、自分のプライドにそれだけ値打ちがあると思い上がっているとも解釈できるッスし。うちはやっぱり、謝罪はポーズであって、許せるか許せないかっていうのは、それまでの関係性やそれまでの距離感によるんだと思うッスよ。おんなじことされても、まったく同格の被害を受けても、相手によって、許せたり許せなかったりするじゃないッスか。さっきの話も、後輩が相手だから儀式で許しているだけで、相手が顧問だったときは、頭下げたくらいじゃ絶対許さんかったですッスよ」

「顧問との関係性……」

いじめているほうにいじめのつもりはなくとも、いじめられたほうがいじめと思っていればいじめである——ならば、いじめられたほうがいじめと思っていなければ、それはいじめじゃなくなるのか？

でも、虐待された子供が親を庇ったら、虐待じゃなくなるのかと言えば、決してそんなことはないわけだし。

「彼氏にキスされたら嬉しいッスけど、知らん奴にキスされたら犯罪でしょ。彼氏いないからたぶんッスけど」

「そりゃそうだ」

僕も彼女がいなくなりそうだが、それは言える。

命日子の体験談に通じるところだな。

ただし、命日子のケースでは、合意の上での彼氏との行為でも、犯罪化されようとしているという点が特異だ。

関係性か——でも、そうだな。

ひたぎに遥か昔のことを謝られて、それでなんだか、傷ついたみたいな気持ちになったのは、もちろん僕にとっての、『昔懐かしい、微笑ましいいい思い出』を台無しにされたからでもあるだろうが、馴れ初めのみならず、現在の関係性すらを、すっぱり否定されたみたいな気持ちになったからなのかもしれない。

全否定。

一年八ヵ月前を台無しにされたのではなく。

一年八ヵ月間を、まるごと台無しにされたと感じたのだ。

一度目の別れ話で激怒されたときには、そんな気持ちにはならなかった——あれは積み重ねてきた関係性の、延長線上だった。

老倉に関しては言うに及ばず、だ。

あいつの場合は、傷つくどころか、裏切られたとさえ思う。僕達の関係を、関係性を、お前はそんな風に考えていたのかと。

そんな悲しいことはない。

「試してみます？　ここで阿良々木パイセンがうちに口づけしたら、それは犯罪になるのか、そうじゃないのか。にこーっ」

「だからにこーっ、じゃねえよ」

笑いごとじゃ済まない。

「謝罪の姿勢を取る人には、ナイスポーズ！　って言ってあげたらいいんじゃないッスか？　キレてますよ！　じゃなくて。誉めて伸ばしましょうよ、背中を丸めたその姿勢を」

煽っているだけにしか聞こえない日傘クリスティからの答は、この聞き取り調査によって僕がほしかった答ではまったくなかったけれど、しかし、参考になる知見では、あるいは治験ではあったし、また、どちらにしてもここがディスカッションの切り上げどきだった——部屋の掃除がまだ半分も終わっていないにもかかわらず、縁側の方向、神原屋敷を囲む塀の向こう側から、アスファルトを削り取るような怒濤の足音と共に、自転車のブレーキ音が聞こえてきたからだ。

ＢＭＸのブレーキ音。

お待ちかね、タイトルロールのお帰りである。

016

「謝るタイミングも重要よね。

「相手の機嫌がいいときを見計らってとか、おいしいものを食べているときとか、第三者がその場にいるときとか、そういうタイミングを狙い澄まさないと——逆に、機嫌が悪いとき、おなかがすいているとき、夜道で二人きりで相手がその手に硬くて尖ったものを持っているときとかなんかに謝るのは、賢いとは言えないわ。

「でも、これこそが逆なのかもしれない。

「そんな計算を感じさせない、タイミングの悪い愚直な謝罪こそ、存外、心を打つのかも——『ああこいつ、自分本位ないいタイミングを見計らって謝って来やがったな』と思われてしまってはおしまいだもの。

「自分が許されることしか考えていないと、誤解されてしまうのは、はなはだ辛いわ——そういう気持ちもゼロじゃなくとも、これ以上相手の気分を害さないために、よきときを見計らっていると言うのにね。

「許されようとすることが、そんなに悪いのかしら——悪いのでしょうね、罪を犯した上に、それを許されようとするなんて。

「やって謝罪するよりも、やって謝罪しないほうがいい——というのも違って、たぶん、謝罪をした上で、更に許されないことが、騒がされた世間様のベストなのでしょうね。

「許してくれないのなら謝る意味がないという勝手な気持ちの、これは対極とも言えるわ——ただ、どれだけ許さないと気持ちを固めていても、日にち薬が、その傷を癒やしてくれたりもする。

「端的に言えば、怒りを忘れる。

「我を忘れた怒りを忘れる。

「そのタイミングで謝るのは、果たして適切なのかどうか――『今更、そんなことで謝られても、正直、どうでもいい』と、戸惑わせてしまうのか、それとも、『今頃謝るなんて、馬鹿にしているのか』と、お怒りを再燃させてしまうのか。

「折角忘れていてあげたのに。

「今になって蒸し返すとは。

「でも、『忘れる』と『許す』は、根本的にぜんぜん違うわよね――上位互換でさえないという気がする。

「もう忘れたよと言うのは、許しの文句としてはものすごく強いんだけれど、でも、どれだけ綺麗さっぱり忘れていても、一旦思い出してしまえば、やっぱり許せないという思いがふつふつと湧いてくるもの。

「怒りも恨みも、忘れたからと言って、打ち消されたりしない。例外もあるにせよ。

「意地の悪い見方をすれば、貯めとも思えるわ。忘れただけで決して許したわけではないというのは、換言すれば、いつでも怒り直すことができるわけだから。

「怒りをキープするという考えかた。

「対人関係における、一種の切り札よね。

「今更ではなく、今だから切る、ジョーカー。

「それに逆もある。

「許したことを、忘れてしまうこともある」

017

「英語で『I'm sorry』と言うとき、『ごめんなさい』という意味と、『お気の毒さま』という意味の、二通りがありますよねえ。『許して欲しい』なのか、『可哀想に』なのか、どちらのほうが、謝意は深いのでしょう――はっはー」

扇ちゃんはそう言った。

言い忘れていたけれど、今の忍野扇は、学ランの暗黒少年なので、日傘ちゃんや神原がそうしていたよう、『扇くん』と呼ぶのがジャスト正確ではあるのだろうが、ことがことだけに、今回は扇ちゃんで通させてもらおう。

立派になった後輩を、昔のニックネームで呼び続ける先輩みたいな感じになってなければいいが――そんなことを、僕は扇ちゃんの、BMXの後部座席で考える。

BMXに後部座席なんてないので、ホイールに鉄製の足場を設置して、扇ちゃんの肩に手を置いて、バランスを取りつつの立ち乗りだが。

僕も高校生の頃はそれなりの自転車乗りだったけれど、こうして後ろ側に乗るのは、そう言えば初めてかもしれないな――しかも、後輩の後部座席である。もちろん先輩として、僕が操縦すると申し出たのだが、扇ちゃんが頑としてハンドル（と、サドルとペダル）を譲ってくれなかった。

そもそも、扇ちゃんと二人乗りをしなきゃいけない理由はないのだけれど、神原と一緒に戻ってきた扇ちゃんは、

「いやあ、僕もこれで忙しい身ですからねえ。急に会いに来られましても、次の予定もありますし。でもまあ、その昔、お世話になった阿良々木先輩の顔に泥を塗るわけにもいきませんし、そこまでの道中でよければ、お話を聞きますよ」

と、自転車に跨ったのだった。

きみは刑事コロンボの犯人かと言いたくなったが、突然会いに来られても困ると言われれば、返す言葉はない。

だけど、くそう、扇ちゃんが冷たいぜ。『その昔』は、あんなに懐いてきてくれた後輩だったのに――仕方ない、今の扇ちゃんは、神原のバディなのだから。

昔のよしみは頼りない。

わかっていたことじゃないか。

そんなわけで、自転車と長距離を併走し、さすがにお疲れの様子だった俊足神原とは、軽いハグとエアキスをするにとどめ、僕は日本家屋を後にするのだった。

むろん、ハグとエアキスというのはチャーミングな冗談で、実際に軽くしたのは聞き取り調査である。もう確認するまでもなかったが、念のため、神原も異常なしだった――もしもひたぎや老倉と同じ異常、同じ症状が出ているのであれば、僕の愛するマウンテンバイクを破壊したことを、過剰謝罪しないわけがない。

扇ちゃんも、こうして二人乗りをしている限り、僕に素っ気なくなった程度で、その飄々とした態度はお変わりなくという印象だった。

結構結構、こけこっこう。

ただまあ、この感じだと、これまでの聞き取りの結果を全部扇ちゃんに丸投げして、あとは実家でごろごろしてれば大丈夫とは運ばないようである――そんな青写真、この後輩が僕に懐いていた頃から、ありえない絵空事だが。

扇ちゃんの叔父である、忍野姓の大元、忍野メメだって、無条件で僕達を助けてくれていたわけじゃなかった――そもそも助けてくれはしなかった。

人は一人で勝手に助かるだけ。

あくまで、力を貸してくれただけだ。

よかろう、元よりシュアな可能性に賭けてきたわけじゃない――アポを取らない行き当たりばったりはいつものことだ。僕の悪癖は大学卒業までにはどうにか修正するとして、今は今に集中しよう。今々に。

とは言え、どう切り出したものか――扇ちゃんが、自転車をどこに向けて走らせているのか、その目的地は定かではないけれど、割いてもらえた時間が豊富だとは思えない。命日子のプライバシーに配慮しつつも、端的に伝えないと……。

荷台はなくとも難題だぜ。

「はっはー。しかし、阿良々木先輩と、こうして二人乗りをするなんて、昨年は思いもしませんでしたねえ」

「そりゃそうだな。そう思うと感慨深いし、一種、ノスタルジックでもあるぜ」

「でも、立ってようと座っていようと、二人乗りは違法ですけれどね。実のところ、こうして歩道に軽車両である自転車を走らせていること自体、道路交通法違反です。謝ったほうがいいんじゃないですか？」

ノスタルジィに水を差すようなことを言ってくる。

いや、仰る通りで言葉もなく——もっとも、後ろに乗れと言っておいてから遵法精神を発揮されても、どこまで本気かわからない。

そんなノリも懐かしい、二人乗りだけに。

「僕自身が、もう自転車に乗らなくなっちゃったから、なんとも言えないけど……、自分が自転車に乗ってるときは、正直、そんなに気にしてなかった違法行為だな」

「ポジショントークですね。クルマを運転するようになったら手のひら返しで、車道を走る自転車を邪魔っけに思うようになっちゃいましたか」

「そういうわけでは」

車道を走ったほうが危ないんじゃないかという意見ならば、自転車乗りの頃から持っていたわけだし……、法律も転々するし、今は自転車専用道路っていうのも増えてきたから、安全性も危険性も、一律ではなかろう。

一貫性と、一過性。

「遵法と言えば、刑事ドラマとか探偵映画とかで、悪党とカーチェイスをする際に、追うほうも逃げるほうも、いちいちシートベルトを締めるのがリアリティに欠けるという指摘がありますよね。ああいうの、阿良々木先輩はどう思われますか？」

僕も、冷ややかだった旧交を温めたいところだが、雑談をしている時間的な余裕はない……、とは言え、扇ちゃんとの会話に、雑談などないというのも、ひとつの真実だ。

すべてが内実との会話である。

あるいは虚実との。

「どうだろうな。悪党だって交通事故は怖いだろうから、急いでいるときだからこそちゃんとシートベルトを締めても、僕はさほど違和感はないけれど……、探偵が命知らずでなきゃいけない必然性もないだろうし」

「ふむ。さすが自動車乗り。シートベルトへの信頼性が半端ではありませんね」

「無免許の悪党が、ヘルメットやサポーターをつけて自転車に乗り出したら、さすがにどうかと思うかも」

「はっはー。そうですねえ。でも、もしも今、阿良々木先輩の高校生活がリメイクされるとするなら、戦場ヶ原先輩や羽川先輩との二人乗りの名場面が、根こそぎばっさりカットされることになるんでしょうねえ」

なんだよ、僕の高校生活のリメイクって。

危うくそう突っ込み、一笑に付すところだったけれど、しかしどうやら、やはりとっくに本題に入っているようだった。

僕が口火を切ってもいないのに……。

「扇ちゃん。きみはいったい、何を——どこまで、知っているんだい？」

「僕は何も知りませんよ。あなたが知っているんです——阿良々木先輩」

扇ちゃんは前を向いたまま、そんなことを言うのだった——昔のように。

「今更のように、その頃の二人乗りを、阿良々木先輩が各方面に謝罪し始めても、どうかと思いますよねえ。僕のように、それをいいシーンだと感動していた視聴者としては、特に」

「リメイクで、ひりついていたところが丸くなるってのはよくあるし、そうなってるってことは、それを望んでる人も多いってことなんだろうけどな」

いや、わからん。

フォローのためにいもしない多数派を想定している気がする。

「意思決定のプロセスは不透明ですよ。多くの人間が議論した結果、誰の希望にも添っていない、誰も得をしない結論に至るというのもよくある話ですし――僕は今はこの通り男の子ですので、女性の社会進出を全力で応援する立場ですが、さりとて、男女同数のパリテであるべきだからと言って、『ドラえもん』の登場人物の性別を変更すべきだとは思いません。しずかちゃんの入浴シーンを減らすのは当然のありかただとしても、ジャイアンかスネ夫の、どちらかが女子であるべきだとは言えないのです」

言えない以前に、学年が変わると同時に性別が変更されたきみが言うのもどうかと思うが、まあしかし

「原作にも触れて？」

彼女達との二人乗りシーンのとき、そもそもきみ、まだいなかっただろ。

「文庫化の際に書き直すのはありかなしかって話でもする気かい？　そう考えると、火憐や月火とじゃれてるシーンはカットせずに、百ページとは言わずとも、日和らずちゃんと描写しておくべきだったかな」

「しかし、ディレクターズカット版がすべて素晴らしいかと言えば、そういうわけでもありませんからねえ」

常に反論してくる、この子は。

議論を混ぜっ返すのが趣味みたいな後輩だ。

混ぜっ返し――裏返す。

「公開時には封印された幻のラストシーンが追加！と言われても、案外、第一印象のほうがよかったりします。余計なちょい足しをされた気分になると言いますか」

し、さして極論でもないのだろう。もっとも、性別変更について掘り下げるなら、ミステリー小説がドラマ化される際、ワトソン役を女性にするなんて変更も、昔はよくおこなわれていた——今はそういうのって、どうなんだろう?

「はっはー。ルパン一味で、五ェ門が女剣士にチェンジされるくらいの衝撃ですね。一方で、男子のプリキュアが登場したことは肯定的に捉えるべきですし、何事もバランスですよ。表と裏。表と裏のね」

表と裏。

裏の中に表が含まれる。

「『おジャ魔女どれみ』にも、そう言えば、男の子の魔法使いのチームみたいなのが出てきたことがあったな……、女性の仮面ライダーが登場したときも、結構、話題を攫ったが。だったら、来年の戦隊ヒーローは六人組で、男女半々になればいいって議論になるか? 戦隊ヒーローとプリキュアで、既にバランスが取れているのかもしれないが」

「石ノ森章太郎先生は、既に『009ノ1』を描いてらっしゃいますからね。先駆者ですよ」

「『009ノ1』?」

後世の作家が面白半分で手掛けたパロディみたいなタイトルだが……、トキワ荘ってすごいアパートだったんだな、本当に。

「トキワ荘メンバーの漫画を手に取ると、必ずと言っていいほど最後にこのようなことが書いてありますよねえ。『現代の社会風俗に照らし合わせれば不適当な描写もありますが、作品発表時の時代背景を踏まえ、変更することなく収録しております』」

「変更を加えるのなら、過去よりも未来であるべきって結論かい? ディズニー・プリンセスの系譜に通じるところもありそうだぜ」

「古き良き時代とも言いますがねえ。でも、じゃあ、少年誌で女性キャラの裸体が露わにされていた時代が、そんなによかったのかという話ですよ。人によっては暗黒時代と言うでしょう」

男子になっているからか、たとえ話が露骨だな……、難しい。『今の表現はぬるくなった』という批判に対する反論が、『昔の表現はCGがしょぼい』だったら、とてもバランスが取れているとは言いがたい。

非対称性が見て取れる。

僕の経験を鑑(かんが)みても、過去と未来も、必ずしも対称的に釣り合っているわけじゃないのだろう……、六百年生きてなくとも、それが一続きであることは自明である。

地続きではなくとも、空は繫がっている。

「男性キャラの裸体とて、刺激的な人には刺激的ですし……、はっはー。男の肌は見せていいと言うのも勝手な理屈ですよ。結論としては、カーチェイスシーンでのシートベルト問題に関して言えば、シートベルト着用義務のない旧車に乗ればいいのです。これが答になっているといいのですが」

「いや、それが結論だと困るんだけど」

答になってねえよ。

ばりばりおニューなニュービートルに乗ってるし、僕。

「その理屈だと、かつての二人乗りの場面は、サドルとペダルがふたつある、面白自転車でリメイクすればいいって解決になっちまう。面白シーンになっちゃうよ」

「おやおや。では、もうしばらく、ふたりでの独(ひと)り言(ごと)を続けましょうか。要は、戦場ヶ原先輩や老倉先輩が、昔のことでしつこく謝ってくるというお悩みでしたよね？」

「あれ？　もう言ったっけ？」

「言いましたよ。やべえ性格のダブルヒロインが徒党を組んで、過去の汚点をリメイクしようと躍起になっていると」

まだ言ってなかったと思うし、言ったとしてもそんな言いかたはしないとは思うが、しかし扇ちゃんがそう言うのなら、言ったのだろう。ひたぎと老倉を並べてダブルヒロインとは、僕も失言をしたものだ。

　ジェネリック娘より酷い。

「そして大学でできた唯一の友達も、似通った境遇にあるとか。親愛なる阿良々木先輩が、大学生活を謳歌なさっているようで、僕も後輩として鼻が高いですよ」

「唯一の友達って言ってる時点で、謳歌できてないよ。そして今、恋人と幼馴染から、わけのわからん理由で絶交されそうになっている」

　絶望だ。

　まさか高校生活以上に落ちぶれようとは。

「ご友人のケースは置いておいて、阿良々木先輩の場合は、わけがわからないというほどでもないでしょう。心当たりとしては十分のはずです」

「今、言われるんじゃなきゃな。僕が老倉の隣に引っ越したって理由で絶縁されるなら、どっちも納得なんだけれど、今になって、いつのことを言っているんだよ」

「しかし時効のない犯罪もありますからねえ」

「殺人級の悪いことをされてきたのか？　僕は」

「解釈によれば。なので、戦場ヶ原先輩と老倉先輩が、大学生になって視野が広がり、過去を恥じるようになったというだけであれば、僕は阿良々木先輩ほど、それをおかしいとは思いませんよ。老倉先輩の謝罪攻勢に、阿良々木先輩は異常事態を確信なさったようですが、彼女の事件の際に恐れ多くもご一緒させていただいた僕に言わせれば、情緒不安定な彼女がフラッシュバックして奇行に走ることくらい、ありそうじゃないですか」

「それは僕も思ったけど」

「謝りながらその場でボールペンで腹をかっさばいたと言われても、許容範囲内です」

「どこをどう許容するんだよ、そんな幼馴染」

　許可も容赦もできないよ。

　もっとも、その最悪を想定しないわけでもない

——日傘クリスティとの会話の中でも、切腹がどうとか、そんな極端から極端に走る『謝罪』が上げられていた。

行き着くゴールが息絶えるゴールでは困る。

「ただ、阿良々木先輩とは順序が逆ですが、唯一のご友人と状況とタイミングが一致したというのは、興味深い点です。僕も重い腰を上げようという気になります」

「僕とつるんでた頃は、もっとフットワーク軽かっただろ」

「僕も今や全盛期ではありませんからねえ。神原先輩のペースについていくのがやっとですよ——もっとも、あのかたもまた、阿良々木先輩がそうだったように、まもなく卒業です」

「そうだったな。卒業を祝ってやらないと……、じゃあ次は、浪人した日傘ちゃんに取り憑いてやってくれよ」

「ああいうタイプに、妖怪変化の出る幕はありませんよ。浪人しようと就職しようと、世界を放浪する旅に出ようと、彼女は彼女なりに、己の道を歩まれることでしょう」

「最後の、羽川翼じゃん」

妖怪変化になっちゃった奴じゃん。

あいつは何を卒業したんだろうな？

「では、老いさらばえた僕ごときでは、阿良々木先輩の抱えるお悩みを解決できるかどうかはわかりませんが、それでも年の功で、解析くらいはしてみましょうか」

「老いさらばえたとか、年の功とか、後輩に言われても」

「フットワークの軽い阿良々木先輩のフィールドワークの成果をうかがった限りでは、およそ十三の可能性が考えられます」

「十三？」

多いな。

縁起も悪いし。

「阿良々木先輩が、先にあれこれ、あっちこっちで聞き取り調査をしてくれてましたからね。ご友人や戦場ヶ原先輩や老倉先輩のみならず、忍ちゃんや妹さん達、日傘先輩に至るまで。お陰で可能性がこんなにも絞れました。叔父さんに女の子を丸投げしていたときと比べて、成長しましたね」

女の子を丸投げって。

僕のイメージも叔父さんのイメージも悪いよ。

「扇ちゃん、絞って十三は多い。そのミックスジュースには果肉が残りまくっている、もっとスムージーにして、スムーズにいこう。僕の成長を讃誉して くれるのなら、もうちょっとだけきつく絞って。可能性が低いのを飛ばしたり、似たようなのをまとめたり」

十三はとても覚えきれない。

できれば一桁、四捨五入すればゼロになる数でお願いしたい。

「大学に入学して頭脳が退化してらっしゃるじゃないですか。十三くらい暗記してくださいよ」

「元々暗記科目は苦手なんだ。だから一点突破で数学科を受験したんだってば」

「そこで超文系と仲よくなっているあたり、阿良々木先輩も通り一遍ではありませんよね——わかりました。他ならぬ阿良々木先輩のお願いです、僕が妥協して、可能性を五つまで絞りましょう」

ぎりぎり妥協してこないな。

こういうところがあるんだ、この子は。

押しが強い割に、寄せきらないと言うか——肝心なことを教えてくれない話術は、叔父譲りであるとも言える。

よかろう、四捨五入は諦めよう。

「はっはー。四捨五入という言葉も、思えば愉快ですよね。『捨てる』の対義語が、どうして『入る』なのか——そこは『拾う』ですよねえ」

「それもまた、裏と表の非対称性か」

「表と裏——加害者と被害者の非対称性ねえ。興味深い。本音を言わせていただければ、裏の中に表が含まれるという発想には、僕はしてやられたと思いますよ。裏面キャラの僕をして、一杯食わされました。大学でいい友人ができたみたいで何よりと思っているのも、本音ですよ」

僕の中に阿良々木先輩がいると言われると、そんな気もしますねえ――扇ちゃんはそう言って、肩を竦めた。

つまり手放し運転だ。

二人乗りの最中には、絶対して欲しくない――ＢＭＸだけに、ウィリーやらの曲乗りを始めそうで怖い。

「もっとも、そもそも謝罪する側と謝罪される側というのは、一種の非対称戦争のようでもありますよねえ。それがひとつ目の可能性です」

「うん？」

「ですから①非対称戦争ですよ。日傘先輩と、そんな思考実験をなさっていたでしょう？　謝罪攻勢という言いかたからして、既に攻撃的なイメージがありますよねえ」

ああ。

防御こそ最大の攻撃ってあれな。

「この場合は、阿良々木先輩を攻撃することが彼女達にとって重要ですからね。過剰に謝るという攻撃手段こそが重要なのであって、その内容は、実はどうでもいいというパターンですね。むしろ、謝罪内容が理不尽であればあるほど、阿良々木先輩相手には効果的かもしれません。理不尽ならば、理がないだけに、論破できませんから」

「実際、参ってるしな」

ある意味で、ホッチキスで頰を綴じられたときより参っている。謝罪ハラスメントとは言ったものの、こんなパターンのＤＶもあるのかと、驚いたくらいだ。

「あくまで、異常事態の根っこに、阿良々木先輩への攻撃性を感じ取るならば、ですがね。おふたかたに、現状の三角関係への不満があるのは、間違いないのでしょう？」

「三角関係って言うほどいいものじゃないが……」

そもそも三角関係自体、いいものじゃないが。

命日子と彼クンの関係性にも、果たして、そういうバランスがなかったかと言えば……、あいつの自由な男女関係を思うと、あってもおかしくはないよな。

その場合、僕や命日子に非があるという見方もできるし、それを頭から拒絶するのも筋が通らないわけだ……。

嫌なこと言うぜ、相変わらず。

「ちなみに扇ちゃん、仮説の発表順って、可能性が高い順？」

「お察しの通りです。さすが、僕のことをわかってらっしゃる——なので可能性の②は、これもお察しの通り、②自罰傾向です」

「自罰傾向」

「自爆といったほうが正鵠を射ているかもしれませんがね——先程述べた、大学生になって視野が広がり、なんとも思っていなかった昔の罪を悔い改めたくなったというパターンです。今になって蒸し返したのではなく、あれは許されることではなかったと、遂に気付いたという意味では、それも人間的な成長ですね」

阿良々木先輩ももうちょっと成長すれば、妹さん達に申し訳ないと感じるようになりますよ——と、扇ちゃんは何やら当てこすりのようなことを言ってきた。

何やらも何も、何を当てこすられたのか、とんと見当が付かないが……、妹達のほうが、いつか僕の愛情をわかってくれるというのならまだしも。

「はっはー。それも加害者の言い分ですねえ。でも、実際に阿良々木先輩の妹さん達が、実家でずばずば切腹を始めたら、受け入れがたいことに変わりはないでしょう？」

「そりゃそうだ……、でも、ひたぎや老倉の傾向としては、①よりも②のほうが、可能性が高そうに思えるけれど？」

「実際、競ってますよ。僕の評価では、彼女達の自罰傾向と、阿良々木先輩の恨まれやすさは、がっぷり四つの取っ組み合いですから」

嫌なものが組み合っているな。

絞られた可能性の中には、そのふたつが複雑に絡み合っているケースもありそうだ。それも嫌な絡み合いだが。

「③自己犠牲」

と、扇ちゃんはプレゼンを先に進めた……、もしかすると、そろそろ目的地周辺なのかもしれない。可能性が高い順に発表しているということは、トリに本命を用意しているわけではないだろうし、後半に進むにつれての多少のショートカットは構わないけれど……、そもそも四捨五入を要請したのは僕だし……、自己犠牲だと？

「阿良々木先輩はもうすっかりお忘れのご様子ですが、僕はまだ、千石ちゃんを覚えているんですよ。なんでもかんでも『ごめんなさい』で済ませていた頃のあの子を」

「忘れてないよ、別に」

ああ……、でも、そう言えばそうだったな。

その後の蛇神化の印象が、僕にとっては強烈過ぎて、それ以前のあの子がどういう性格だったかが、やや頭から抜けていた。

言われてみれば、千石撫子は、ごめんなさいごめんなさいと、なんでもかんでも、自分が謝って済ませてしまう女子中学生だった。

「はっはー。あの頃の千石ちゃんは可愛かったですよねえ。あの可愛さは、今はすっかり失われましたがね――むしろ暗黒時代の黒歴史かもしれません。改めて謝りたくなるような」

しかし、じゃあああの頃の千石が可愛いだけだったかと言われれば、正直なところ、謝られる側としては、相当やりにくかったものだ。

途方に暮れる、あれが自己犠牲？

確かに、後々の対立はともかく、あの頃の彼女の謝罪攻勢は、僕を攻撃しようとしていたわけじゃないだろうし、自分を罰しようとしていたとも思えないが……。

「目的ではなく手段としての謝罪ですね。なんでもいいから自分が悪いことにして、場を収めてしまえばいいという責任の取りかたですよ。否、無責任の取りかたですか」

「無責任の――取りかた」

「申し訳ありません、すべてわたくしが悪うございます――と全面的に謝ってしまって、さっさと手打ちにしてしまう処世術ですね。日傘先輩は、謝罪を儀式やマナーと位置づけましたが、その悪用と言ってもいいでしょう」

悪用と言ってしまうと言いかたは悪いが、喧嘩の際に、さっさと折れてしまったほうがいいというのは、戦略ではある。どちらが正しいかを競い合っていればキリがないのだから。

負けるが勝ち。

謝ったら負けとはよく言うが、謝ることで勝つという逆転の一手。

「自己犠牲だからって、決して美しいわけじゃないんだな」

「関係性の放棄ですからね。自分のための、己のための自己犠牲でもあるのです。己への献身であり、献心ですよ。お前とまともに話すつもりはないと、宣言しているようなものです。前向きに検討しますとか善処しますとか、そんな言い逃れと同じですよ。謝ってるんだからもういいだろめんどくせえという本音が透けて見えます」

ありし日の千石が、そこまで邪悪だったとは思わないが……、人見知りで気が弱かった千石にとって、謝罪は、会話を強制終了させるための手段であったことは間違いなかろう。

非を認めることで、非の打ちどころをなくす。

謝って済むなら安い物だというのは、確かに処世術である——女子中学生が行使するには、大人の処世術だ。

「マジでうざかったですもんね、あのぶりっ子」

「マジでうざかったまでは言ってない。マジで言ってない。ぶりっ子も言ってない。それはさすがに、扇ちゃんがそう言うなら言ったんだろう、ではない。さっきあの頃の千石ちゃんは可愛かったと言った、舌の根も乾かないうちに……、きみって奴は。で、それが今回、ひたぎや老倉に適用されたらどうなるんだ？　僕が悪いと思っているわけでもなく、自分が悪いと思っているわけでもなく？」

「いい悪いじゃなく、関係性を絶ちたい他の理由があるのかもしれませんねえ。お引っ越しも無関係で、そんなのはもうどうでもよくって。学業に集中したいとか、新しい趣味に邁進したいとか、他に好きな男の子ができたとか、他に嫌いな幼馴染ができたとか」

「他に嫌いな幼馴染ってなんだよ。ここに来て新キャラかよ」

ただ、老倉とは、嫌われているからこそ関係が続いているみたいなところはあるしな……、大学で人間的に成長して、僕を嫌うことに飽きたのかもしれない。

飽きた。僕に。

それは、しかし、あるかも。

だけど、さすがに『飽きた』とは言えないから、昔の、どう考えても反論できないほどに自分が悪い出来事を、箪笥の奥から引っ張り出してきて、口実や建前として、その悪行を悪用している……、やはりこれも、命日子にも応用の利く論法である。

命日子のほうからもう飽きてしまっているところもあったし……、ならば、向こうからも同じことを思われていてもおかしくはなかろう。

「自分が悪者になって関係性を終わらせるというのは、カップルにはありがちな気遣いとも言えますね。この場合は、悪者になってやったぜと言う、①非対称戦争との合わせ技かもしれません」

「怪異現象抜きでも、僕の逆境の説明がつきそうで、最高だよ」

「何らかの怪異譚が絡んでないとは言ってませんよ。個々のケースはまだしも、同時性はやはり気がかりですからね——その意味では、可能性の低い④も、気持ちの上では最有力です」

「気持ちの上では最有力？」

「④命令系統」

と、扇ちゃんは、珍しく即答する。

「何者かに命じられて謝罪しているケース。斟酌してという場合もありますので、広い意味での命令です。ほら、切腹が話題に上りましたけれど、切腹って、基本的に命じられるものじゃないですか——自罰ではなく、何者かに与えられる罰です。そうなると、謝罪が過剰になってしまうのもやむなしですよね。自分はちゃんと謝ったのだという証拠と言いますか、パフォーマンスが必要になりますから」

「パフォーマンス——」

「ここまでの考察を伺っている限り、謝罪というのは本意であれ不本意であれ、第三者から強制されてするものではないと、人のいい阿良々木先輩や日傘先輩はお考えのようですが、『謝罪文を掲載すること』なんて判決も、裁判で出ることもあるわけですからね。どう考えてもいやいや書いたお詫びの言葉とか、先生に言わされているだけの反省とか、まま見受けられるじゃないですか」

わかるけれど——でも、ひたぎや老倉に命令できる奴がいるか……？　昔だったら、羽川がその役割を担っていたし、そう言えば羽川に命じられてひたぎが謝罪に追い込まれるということにすかっとする展開もかつてあったけれど、学級委員長だった頃ならまだしも、今の（目下行方不明の）あいつは、そういうことをしないはずだ。

「そりゃ確かに、いくらそれが名誉だって言われても、したくて切腹した人間が、大多数だったとは思えないし、刑罰や賠償責任をみんなが納得して受けているかって言えば、そんなわけがないけれど――命令系統」

「はい。命令形と、命令系統。そこで登場するのが、何らかの怪異なのかもしれませんねえ――あるいは、まさに千石ちゃんではありませんが、何らかの呪いなのかも」

「呪い――」

「先述の通り、僕自身は、あくまで机上では可能性をそう高く見積もってはいませんけれど、そういう怪異も実在しますよ。否――実在しませんよ」

怪しくて異なって――妖しい。

扇ちゃんは、頭をぐるんと、縦向きに反らすようにして、後部の僕と強引に目を合わせた――吸い込むような暗闇の瞳を合わせた。これもこれで、前方不注意の法規違反になるのだろうが。

専門家の甥は、

「妖魔令――あるいは、妖魔霊」

と、惜しげなく言った。

「……そんな駄洒落みたいなのが、此度の僕の敵なのかい？」

「いえいえ、これが結構、洒落にならない化物でして」

場合によっては。

吸血鬼さえ、敵ではないほどの。

018

「謝れ」

019

そんな思わせぶりなところで、扇ちゃんのＢＭＸ

は目的地周辺に到着してしまったので、僕は⑤の可能性どころか、④の命令系統、その主体である怪異の詳細を聞くことさえ間に合わなかった——こんなんじゃ十三の可能性を精査するなんて絶対無理だったろと言いたくなるが、どうせこの中途半端さも、扇ちゃんの目論見通りだったのだろう。

天晴れだ。

そしてその目的地というのがまた意外で、この子はこんなところを目指す道中に、僕を同行させたのかと、実に忌々しい気持ちにさせられた——ここに連れて来られては僕も粘れず、潔くと言うか、すごすご撤退せざるを得ない。

到着したのは千石家だった。

千石撫子の家である。

「扇ちゃん、僕をなんてところに相乗りさせてくれてんだ——悪趣味にもほどがあるぜ。ごめんなさいの千石のエピソードを盛り込んできたのは伏線かよ。きみは懲りもせずにまだ千石にちょっかいかけてたのか」

「やだなあ、ちょっかいだなんて。むしろ僕は罪滅ぼしをしているつもりですよ。去年、彼女に対してはやり過ぎたと、一定の反省をしていますからねえ——はっはー」

これはこれで謝罪でしょうか、などと嘯く扇ちゃん。

「態度で示す謝罪です。もっとも、千石ちゃんのほうは、僕のやらかしなんて、気にもかけていないでしょうが。ご安心ください、阿良々木先輩。確かに僕の目的地はここ、千石ちゃんの実家でしたが、既にあの子は、この家を出ていますから」

「家を出ている？　また家出を……？」

どう安心するんだ、その情報で？

不安しかない。

「家出ではなく脱皮ですかねえ——なにせ元、蛇神ですから」

よくわからないことを言うが、しかし僕としては、たとえ千石がいないにしても、千石家の周囲をうろつきたくない。事実上の接近禁止命令が出ているようなものなのだ。

　思わせぶりに勿体ぶる扇ちゃん相手に、もうちょっと粘りたいところだったが、ここは逃げの一手である——這う這うの体で撤退するしかない。幸いと言うか、運命の悪戯と言うか、妹と小学校の頃からの友達なのだから、そりゃそうなのだが、千石家と阿良々木家は徒歩圏内である。ここで降ろされても、歩いて帰れる——扇ちゃんの性格を考えると、僕は山の中に放置されてもおかしくなかったので、その点に限って言えば助かったと言える。クルマ社会ですっかりなまった僕の足では、長距離はもう歩けない。

「はっはー。吸血鬼の足がなまったりするわけないじゃないですか」

「僕も『元』だよ、扇ちゃん。……僕はそれでも逃げるんだけど、扇ちゃん、千石のいない千石家に何の用があるんだ？　ご両親にご挨拶ってんじゃないだろうな」

「挨拶するなら、先に暦お兄ちゃんにするのが筋ですかねえ」

「ふざけろ」

「クローゼットの中の忘れ物を取ってきて欲しいという、ちょっとした頼まれごとですよ。千石ちゃんご本人からのね……、彼女自身にとっても、この実家には、あまり近寄りたくないようで、僕に白羽の矢——ならぬ、白蛇の矢が立ったわけです。詳しくは百九十三ページからの二本目をお読みください」

「二本目をお読みくださいじゃねえよ」

　若者達はそれぞれに楽しくやっているようで何よりだぜ。神原も日傘ちゃんも、扇ちゃんも千石も、な——この町は、もう僕の時代じゃないと、まざまざと思い知らされる。

　僕の時代なんて元よりなかったけどな。

心地いい疎外感を覚えながら、僕は扇ちゃんと別れ、自分の家へと戻る……、背後から派手にガラスの割れる音が聞こえたが、聞こえなかった振りをした。学ランのならず者がその辺の石ころでリビングの大窓をたたき割ったがごとき破壊音だったが、『忘れ物を取ってきて欲しい』なんて平和な頼まれごとから、まさかそんな現象が起きるわけがないのだから。

ところで、僕の時代じゃないと言えば、実家に帰ったら僕の部屋がなくなっていたことは、ちょっとした衝撃だった。もう少し言うと、数ヵ月前まで僕の部屋だった空間は、妹に乗っ取られていた……、あてがわれた一人部屋では満足できなかったのか、僕の下宿を待ってましたとばかりに領土の拡大を……、もちろん、僕の部屋を乗っ取るような妹は、おっきいほうじゃなくてちっちゃいほうである。

なので、実家に帰ったら帰ったで、僕に居場所はないのだが、しかしもう結構遅い時間になってしまったので、ダイニングのソファだろうと廊下の床だろうと、空いている場所で寝ざるを得ない。初心者マークゆえに夜間の運転が苦手というわけではなく（むしろ僕の目は、夜間こそよく働く）、アパートに帰るだけならそれでもいいのだけれど、僕はあと一ヵ所、この帰省で寄るべき場所を残しているのだった。

居場所があろうとなかろうと、この町に帰ってきて、あいつに会わずに帰るわけには……、そしてあそこに参らずに帰るわけにはいかない——というわけで、翌日早朝、朝食前の散歩を装って、北白蛇神社に向けて針路をとったのだった。

ちなみにゆうべは妹の部屋になった旧僕の部屋の妹のベッドで、妹と一緒に寝た……、こういうことをしているから、忍からやいのやいの言われるのは重々承知しているが、習慣は第二の天性である。

「やかましいわ。収監されい」

そんな声も聞こえてきたが、なまりになまった足で、決して平坦とは言えない近所の山を朝っぱらからてくてく登って、僕は山頂の社へと辿り着いたのだった。

朝早いこともあって、境内は無人だった……、心配になるほど無人だった。僕が初めてこの地を訪れたときの廃神社状態に比べたら、立派に改築されたと言うか、いちからぴかぴかに新築された北白蛇神社だけれど、それだけに、人の気配がないと、廃神社とはまったく別の怖さがある。

そう言えば、初詣で訪れたときも、他の参拝客を見かけなかったし……、ちゃんとやっていけているのかな、この神社？

また怪異のホットスポット化なんて勘弁だぜ。

さて、その辺の話も聞いてみたいし、先日は別れ話にぴりぴりムードのカップルに近寄っても来なかった神様を呼び出すとするかな……、僕はポケットから、あらかじめ準備してきた十円玉八枚、五円玉一枚、一円玉四枚の、つまり合計八十九円を用意する。

賽銭箱の前で、八十九円を投げ入れるかどうか迷うことが、蛇神の跡を継ぐこの神社の新しい神様、蝸牛の神様である八九寺真宵を呼び出すための、古来より伝承される、避けられない儀式なのである。

「いや、わたしの神社に勝手な儀式を作らないでくださいよ。八十九円くらいさっと投入してください。古来よりって。まだ一年経ってませんから、わたしが着任してから——可良々不さん」

「久し振りに、しかも神様に僕の名前を噛んでもらえるなんて光栄だが、しかしそれでも八九寺、僕の名前を大学の成績表みたいに呼ぶな。僕の名前は阿良々木だ」

「そうですね。阿良々木さんの成績表は、不不不不ですよね」

「留年させるな」

今回はぬるっと現れたな。

しかも賽銭箱の陰から……、厳密にはまだ現れてはおらず、賽銭箱の陰に隠れたままなのだが、特徴的なツインテールがぴこぴこ、覗いている。頭隠して髪隠さずの神様……、そんなところにしゃがみ込んでいると、神様どころか、賽銭泥棒みたいだが。リュックサックじゃなくて賽銭箱を背負っているかのような平服モードだし。

「失礼。噛みました」

「違う、わざとだ……」

「噛みまみた」

「わざとじゃない⁉」

フルバージョン⁉

ちょっと待って、フル尺の正解がどんなんだったか、僕のほうが覚えてない。

「仕方ありません、誰だって言い間違いをすることくらいあります。それとも阿良々木さんは、生まれてこの方、一度も噛んだことがないと言うのですか」

「え……、えーっと？　そりゃ噛んだことがないとは言わないけれど、そんな変な噛みかたはしないよ？・」

「では、にゃにゃめにゃにゃじゅうにゃにゃどのにゃらびでにゃくにゃくいにゃにゃくにゃにゃはんにゃにゃだいにゃんにゃくにゃらべてにゃがにゃがめと言ってみてください」

「お前もうろ覚えなんじゃねえかよ」

混ざってるよ、別のキャラの別のやり取りと。

しかしまあ、健在なようで何よりだ……、初詣のときは会えなかったから、今回もそういうことがあるかもしれないと危惧していたけれど（アポを取らない行き当たりばったりが僕の悪癖だとして、神様相手のアポって、どう取ればいいんだ？　絵馬に書くのか？）、杞憂だったようだ。どうして八九寺が賽銭箱の裏で、ちょこんと体操座りをしているのかは謎だが。

「いえ、お互いに顔の見えないこの形のほうがいいんじゃないかと思いまして。阿良々木さんのご用件を鑑みますと」

「？　僕のご用件？　むしろ顔を見に寄っただけな

んだけど……」

「またまた。阿良々木さんがわたしを訪ねてくるときは、いつもどうにもならない厄介ごとを抱えてらっしゃるじゃないですか」

　そんないざというとき頼れる切れ者みたいな位置取りのキャラじゃねーだろ、お前。もしもそうなら、初詣のときに顔を出せって話だ——今も隠れて、出していないが。

「ご明察。実は扇さんから頼まれているのですよ。阿良々木先輩が悩んでいるみたいだから、話を聞いてやって欲しいって」

「え？　扇ちゃん、来てたの？」

「はい。夜中に、闇にまぎれて」

　文字通り、暗躍してるな。

　さすがタイトルロール——千石家に盗みに、もとい、忘れ物を取りに這入ったあと、あの子はあの子で、北白蛇神社を訪れたというわけか。僕に先んじる形で……、やれやれ、叔父さん同様の見透かした真似（まね）を。

　そんなことをするんだったら、いっそダイレクトに阿良々木家を訪ねてくれよと思わなくもないけれど、そういう回りくどい援護射撃も含めて、叔父さん同様ってわけか。

「いえ、一度は阿良々木家を訪ねたそうですよ。二階の窓から侵入しようとしたら、阿良々木さんと月火さんが同衾（どうきん）していたので、ドン引きして引き返したそうです」

「おっと、これは一本取られたな」

「おっとじゃないですよ」

　兄でもないです、と、八九寺はうまいことを言って、「で、何があったんですか？　阿良々木さん」と、促（うなが）してくる。

「わたしでよかったら、話、聞くよ？」

「ここでヶ原さんの物真似（ものまね）をぶっ込んでくるな。なんだよ、扇ちゃんからどこまで聞いているんだ？　八九寺、お前は何を知ってるんだ」

「わたしは何も知りませんよ——あなたが知っているんです、阿良々木さん」

「物真似の連鎖」

「テーマからすればお誂え向きでしょう。このシチュエーション」

「？　ああ」

一瞬、何を言われたのかわからなかったけれど、なるほど。

どうして物陰にしゃがんで、顔を見せて来ないのかと訝しんでいたが、賽銭箱を懺悔室に見立てているわけだ。宗教が別だが……、懺悔。

だとしたら賽銭箱の中に入っててくれたほうがわかりやすかったな。懺悔室を背負ってお散歩する少女って、なんだか別の怪異みたいだし。

「さあ、阿良々木さん。わたしに謝らなければいけないことがあるんじゃありませんか？　罪の告白をなさってください」

「ふふん。愛の告白はあっても、罪の告白など、僕にはないよ。僕はこれまでの人生で、恥じることなど何もない。下げる頭の持ち合わせはないのさ、魂の価値が下がるから」

「阿良々木さんがわたしを地獄から無理矢理引っ張り上げてきたせいで、わたしは半永久的にこの神社でお勤めを果たさなければならなくなったのですよ？」

「今それを言う⁉」

びっくりした！

てっきり、ありし日に、道行く八九寺に背後からハグしまくっていたことを責めてくる展開だと思っていたのに、ガチの奴を！

遊びのない奴を！

「ガチも何も、阿良々木さんのせいでわたしはこの山にがちがちに縛られていると言うのに、当の阿良々木さんが町を離れて上京したのだって、考えてみればおかしな話ですよ」

「いやいや、そうだけども」

カチカチ山みたいに言われても。

初詣の際に姿を見せなかったのは、てっきり僕とひたぎが気まずい雰囲気だったからだと、自分本位に思い込んでいたけれど、単に僕の上京を怒ってたの？

上京って、東京都までは行っていないが。

「そうですね。小京都ですね」

「京都が基準になっているが……、八九寺、その件は確か、一度ちゃんと話したはずでは……？」

話したはずと言うか。

謝ったはず——と言うか。

「ええ。しかしわたしの気が変わることはあるでしょう」

「気が変わる？」

「あのときは許しましたけれど、今から思うと、やっぱり許せなくなりました。改めて腹が立ってきたと言いますか、神罰を下したくなります。いっぺん謝ったらそれで終わりと思っている考えが、もう反省していない証拠なのですよ」

「怖いこと言ってる」

その神罰を下せるのは、僕が地獄から八九寺を誘拐してきたからなのだが、いや、そういう言いかたをされると身も蓋もないと言うか、元も子もないと言うか……。

ああ、そうか。

ひたぎや老倉の件に関して、僕は『今になって、どうしてそれを蒸し返してくるんだ？』と思っていたけれど、被害者と加害者を引っ繰り返すと、こういうシチュエーションになるわけだ。

許されたつもりでいても、あるいはそもそもイノセントなつもりでいても、あとになって上京が、もとい、状況が変わるということはあるわけだ——僕が八九寺を地獄から攫ってくる時点で、僕が町を出ることまで、綿密に計画されていたわけじゃないものな。

「ま、そんな程度の問題なのですよ」

「ん——そんな程度？　いやいや、結構重い問題だろ、これって。そもそも千石とのことだって、決着がついたようでいて……」

「失礼、噛みました。そんな程度問題なのですよと言いたかったのです」

「ぜんぜん意味合いが違ってるじゃん」

「わかりやすいのでわたしを例にあげましたけれど、たとえば阿良々木さんの敬愛する羽川さんだって、阿良々木さんと出会ったせいで、わけのわからん方向に人生が逸れてしまいましたよね？　優等生の中の優等生、委員長の中の委員長が、なぜか進学を放棄したのですから。落ちこぼれだった阿良々木さんは、のうのうと大学に通っていると言うのに。上京したと言うのに」

小京都への上京をそこまで掘り下げられるとたとえ話じゃなくなるぞ……、まあ、言いたいことはわからなくもないし、その点は、急所であり、痛いところである。

しかもその羽川は、現状、行方不明だ。

きっとそのうち絵葉書でも届くだろうし、今のあいつを心配してはいないのだけれど、しかし、そういう意味では、ちゃんと正式に謝罪したほうがいい気もしてきた。たとえ羽川のほうがどう思っていたとしても、こちらが一方的に申し訳なく思う——妖魔令。

「わかった。悪かったよ、八九寺。事前の打ち合わせもなしにお前を地獄から連れてくるなんて、僕の勝手だった。お前に何の相談もなく、町を出たことも、申し訳なく思う」

「今更謝られましてもねえ」

「え？　そんな返しになるの？」

今更蒸し返しておいて？

と言いたいところだが、しかしこちらが加害者の場合には、被害を訴える相手に、そうは突っ込みづらいな……。

「だから程度問題ですよ、阿良々木さん。実際に、阿良々木さんが羽川さんに対し、米搗きバッタのごとく頭を下げ始めたら、メンクイの羽川さんは面食らうばかりでしょう。とんだ蝗害にあってしまったと思うはずです、バッタだけに」

「本当に蝗害に遭ってるかもしれないから、笑いにくいな」

神原屋敷で日傘ちゃんと、欲しいひみつ道具について論じたが、あのとき連想すべきはむしろペコペコバッタだったか——言葉遊びのためだけに羽川がメンクイになってしまったのはさておいて、扇ちゃんの分類で言うなら、②自罰傾向になるのかな？相手の気持ちを無視して、とにかく申し訳ないという気持ちを解消するために、羽川に謝りまくる……、客観的にはみっともないが、僕当人は、それが誠意のつもりなのかもしれない。

たとえ謝罪することで、相手をより傷つけるとわかっていても、謝らずにはいられなくて。

「だから懺悔室が必要なのかもしれませんね。本人ではなく、神様に謝るのです。ご安心ください、阿良々木さん。あなたの罪は、わたしが許します」

「寛大」

自分から蒸し返した癖に。

そう言えば、懐かしき受験の知識の名残だけれど、悪人正機なる考えかたがあるのは浄土真宗だったたっけ？『善人なおもて往生をとぐ、いわんや悪人をや』——僕のような修行の足りない善人からすればすんなりとは得心しがたい面もありながら、しかしこれもまた程度問題ではあるのだろう。

「あなたの罪はわたしが許しますから、まずはこれまで不法行為で稼いだ全財産を、この賽銭箱に入れてください。浄財となりますので」

「悪徳宗教」

それも笑えない。なにせ戦場ヶ原家は、まさにそんな悪徳宗教に、全財産を根こそぎ持っていかれてしまっているのだから——裕福だった家庭は崩壊し、母親を失い、彼女自身も——本人がどう思っているかは定かではないけれど、およそ許される出来事ではない。それこそ不法行為だ。

その上——五人の詐欺師、だったか。

仮に、万が一、そんな加害者連が謝ってきたとしても……、それは新たなる加害に他ならないだろう。謝罪という二次被害である。たとえ②自罰傾向や③自己犠牲のつもりであっても、事実上の①非対称戦争みたいなものだ。

まあ、実際には、加害者連の謝罪なんて、裁判所からの強制でも無い限りありえないだろうから、④命令系統になるだろうか。

「……そう言えば、八九寺。扇ちゃんから、⑤が何なのか、聞いていないか？　あと、妖魔令という怪異が、どういう怪異なのかも、もしも聞いていたら、大学図書館に行って調べる手間が省けるんだが」

「おやおや。ただ図書館と言えばいいところを、わざわざ大学図書館と言うあたり、阿良々木さんもすっかり学歴社会の虜（とりこ）ですね。吸血鬼ではなく、天狗（てんぐ）になっていらっしゃる」

「嫌な言いかたを……、扇ちゃんばりの嫌な言いかたを……」

「聞いていますよ、どちらも」

扇ちゃんめ、僕には教えなかったことを、八九寺相手にはぺらぺらと……、第一、そこが仲良しなのもおかしいだろ。それこそ蒸し返すつもりはないけれども、八九寺が地獄に落ちたのは、扇ちゃんの責任も大きかったような……。

「扇さんはいいんですよ。阿良々木さんは駄目ですけど」

今さっき許してくれたはずなのに、また無茶苦茶を言っている……、ようでいて、これもまた、真理ではあるのか。

真理と言うか、心理と言うか——程度問題。

日傘ちゃんも言っていたけれど、結局のところ、許すのも人だし、許されるのも人である——謝るのも謝られるのも人である。相手によって基準を変えるのは、法の精神には反するかもしれないけれど、その法にだって、情状酌量の余地はあろう。

なにせ『心証が悪い』なんて決まり文句があるくらいだ――僕とて、ホッチキスでほっぺたを綴じられて、誰も彼も許せるってわけにはいかないもんな。

「そうですよね。戦場ヶ原さんは、単に深窓の令嬢だったから許されただけですもんね」

「違うわ」

「でも、もし屈強でむくつけき、身長二メートル、体重二百キロを超えるラガーマンがホッチキスでほっぺたを綴じてきたんだとすれば、阿良々木さんは許せますか？」

「逆に、許すしかないようなシチュエーションだぞ、それ……」

変な愛想笑いで許してしまいそうだ。

ただし、そういうことで言うと、戦場ヶ原ひたぎが年初に俎上に載せた数々の振る舞いは、一般的には正式な謝罪が必要なレベルの蛮行であることは確かでもある――それでも許せるのは、言いたくはないが、愛しているがゆえとしか言えまい。蛮行まで含めて愛しているとまで言えるかどうかは、もちろん別として。

「阿良々木さんが愛を語るとは。大学はいろんなことを教えてくれるんですね」

「愛を大学で学んだわけじゃない。愛は主に、幼女から学んだ」

「それは問題がありますね――でも、それですよ」

「ん……、幼女がどうした？」

「幼女ではなく、愛のほうです」

言葉を切って、八九寺は言った。

「⑤試し行動」

「……試し行動？」

ああ、謝罪の可能性の五つ目か。ちょっと繋がらない言葉だったから、ぴんと来なかったけれども……、試し行動って、初めて聞いた言葉じゃないな？

受験知識じゃなくて……、えーっと……、なんだ、子育て？

「そうです。さすが児童虐待の専門家」

「そのレッテルって剝がせないの？」

機密書類の封に使われるあのシール？

だったら老倉には、過去のやらかしではなく、リアルタイムのそれを謝罪してほしい。結局、それも許してしまうのだろうが——なんてことだ、試し行動と言うなら、老倉やひたぎのそれは、まさしくとも言える。

「出会ったばかりの頃、わたしがよく阿良々木さんを甘噛みしていたのも、わかりやすい試し行動でしたよね」

「いや、違う。あれは甘噛みじゃなくて本噛みだった。お前は僕の指を食いちぎろうとしていた」

そんなバトルもすっかり忘れていたが、あれは今思い出してみても、謝って欲しいくらいだな……、あの噛みつきに関しては、僕に落ち度は本当にないぞ？

気が変わることはある、か。

法律が変わることもあるしな……、法改正。

「つまり、許されるために謝るって算段かよ？　そう言うと当たり前みたいだが、あえて悪さを働いたり、我儘を言った上で、それを許してもらうことで、愛されていると実感する——」

「そう考えると、大昔の行き違いを持ち出したり、てんで的外れな謝罪をおこなったりする理屈も立ちませんか？　どうせ許してもらえるであろう、今言われても許すしかないようなことを謝るのは、やっぱり許されるためでしかないって仮説ですよ。許されるという娯楽、快楽ですね」

愛を試すという、その内心の切実さを思うと、娯楽や快楽は明らかに茶化し過ぎだ——他者を壁とした一種の自己承認であり、自己実現でもある行為に関しては。

彼クンのケースに当てはめても、夜這いではないことを、少なくとも命日子がそうは捉えてはいないことを承知の上で、そんなあからさまな謝罪をおこなうことは、いわば許される結末が決まり切っている出来レースであり、命日子からの『愛し合っただけ』という答待ちとも言える。

愛の再確認。

だとすれば、結局、そんな試し行動によって、命日子の気持ちが決定的に彼クンから離脱してしまったのは、皮肉であり、当然の結末でもあるが……、試されるのが好きな人間なんていない。愛していても、それが永遠に繰り返されれば、いつかはうんざりしてしまうだろう。

それは僕だって同じはずだ。

もしも戦場ヶ原ひたぎが、いつまでたってもホッチキスを振り回す毒舌キャラであり続けたら、どこかで『いい加減にしろ、これ以上はとても付き合いきれねえ』と思っていなかったなんて保証はどこにもない。

僕は聖人君子でなく、むしろ怪力乱神(かいりょくらんしん)なのだから。

「許されたいという欲望は、かように強いというわけですよ。しかし、ご安心ください。この八九神(はちくじ)は、そんな欲望さえ許しましょう」

「神様が過ぎて、悪魔の囁(ささや)きっぽくなってきてる」

「ですから、阿良々木さんはこんな悪魔なわたしを許してください」

「共依存」

許すこともまた、娯楽であり快楽だと言われれば、その通りでもあるのだろう……、寛大で器量の大きい人間のように振る舞うという気持ちよさも、否定しづらい。許すことによるマウンティングというのもまた、①非対称戦争なのかもしれないけれど……、カップル間でのＤＶでよく聞く、さんざん暴力を振るったあとに泣いて謝ってくるというのも、その辺の事情がこんがらがっているようにも思える。

それで痴話喧嘩のじゃれ合いみたいに見えてしまうのは大問題だし、命日子と彼クンが抱えることになったトラブルは、更に一線を画している。

ここで名探偵扇ちゃんの立てた仮説を振り返ると、

①非対称戦争②自罰傾向③自己犠牲

④命令系統⑤試し行動

と、なるわけだが……、うーん。

扇ちゃんは可能性を低く見積もっていたとは言え、僕にとっての本筋は怪異による④……、だとしても、そこに別の要素が絡んでいてもおかしくないから、単純選択のマークシートとはなりえないのだろうが……、戦場ヶ原ひたぎと老倉育、彼クンの、それぞれのケースに特にこれと言った共通点があるわけでもないし。

いわばミッシングリンク。

「そんな症例が、今挙げられた三名だけとは限らないんじゃありませんか？　幸い、わたしも含め、この町の住人にはその傾向は見受けられなかったようですけれど、存外、大学では既に、あちこちでその謝罪症状が蔓延しているかもしれませんよ。曲直瀬大学が、謝らせ大学になっているかも……」

「珍しくうまくないな……、人の大学名で滑るんじゃねえよ」

「これも一例です。わざとつまらないギャグを言っても苦笑いで許されることで、わたしは己の価値を再確認したいのです」

ただ滑っただけなのを、無理矢理一例だったことにしていないか？

とは言え、つまらない駄洒落や過激な風刺ジョークが、試し行動の側面を持っていることも、間違いない……、毒舌についてはもう触れたが、ひたぎがかつて乱発していた、とぼけたウィットみたいなのも、その一例か？

「……なんか、やだね。本当やだ。言ってしまえば、たかがごめんなさいの一言に、こんな心理分析みたいな理論を、細々とぶち上げなきゃいけないなんて。重箱の隅を分子レベルでつついている気分だぜ」

「そう思わせてしまったのならわたしの至らなさで

す、と謝るのは、③自己犠牲でしょうかね？　扇さんなら、その機微をもっとうまく説明したに決まっていますが」

「変な信頼を見せるな、扇ちゃん相手に」

扇ちゃんならもっと嫌な説明をしたと思うよ、⑤試し行動に関しては。本人もそれがわかっていたからこそ、自転車の速度を調整するなりして、その説明を八九寺に委ねたのかもしれない。

「じゃあそろそろ、本命である④命令系統の妖魔令ってのがどんな怪異であるのか、教えてもらおうか？　僕もそろそろ行かなきゃいけないし」

「行かなきゃいけない？　おやおや、どちらから出て、どちらに行かれるんでしたっけ？」

「この町から出て、大学に……」

言わせてんじゃねえかよ、お前が。

卑劣な誘導尋問だよ。

「なんだよ。怪異の質についてまでは聞いていないのか？」

「いえいえ、聞いてはいます。ただ、扇さんからは、別に④が本命とは言われていませんでした」

それはわかっているつもりだが、僕としてはそれでは困るのだ……、留保している別れ話が成立してしまう。

本命でなくとも、命がかかっているようなものである。

なので、なし崩し的に話を進めなければ。

「ギャンブルで絶対しちゃ駄目な本命の設定ですね」

「黙れ。僕は④に賭けたんだ。妖魔令っていう奴は、どんな動物の怪異なんだ？　蟹なのか、蝸牛なのか、猿なのか……、蛇なのか、猫なのか。それとも、蜂だったり、不如帰だったり……」

「妖魔令は動物ではありません。生き物でさえ」

「ん……、じゃあ、吸血鬼とか、死体とか？」

そういうパワー系なら、むしろ対処のしようがあるんだが……、そうじゃないから、僕はこうして地元に帰ってきて、お前からねちねち嫌味を言われているのだ。

「実を言うと、扇さんから言づてをいただく以前から、わたしは妖魔令のことは存じ上げていたのですよ。臥煙さんから、神様のトレーニングを受けている最中に、カリキュラムの一環として教えていただきました」

「そうなの？　じゃあ、神様系の何かなの？」

だとすれば辛いな。

あらゆる怪異が神であるという考えかたもあるが。

「阿良々木さんがご経験なさった怪異譚の中で、もっとも近いのは、鬼でも死体でも、まして神でもなく、『くらやみ』でしょうね」

「『くらやみ』——」

「ですから扇さんを訪ねたのは阿良々木さんが考えている以上に正解なのですよ……、百点満点の百二十点です。ただし、見様によっては、くらやみよりもタチが悪いそうです」

そう言っていたな。

鬼さえ敵ではない——

「妖魔令は令ですよ。文字通りの命令であり、法令です」

「法令？」

「そう。徳政令とか、生類憐れみの令とか、その令です」

実在しないという意味では幽霊同然の。

近代法治国家の、縛られた共同幻想です。

020

「——と、何者かから命令してもらえたら、私のようなしょうもない人間でも、素直に謝罪することができるのかしら。

「強制してもらえたら。

「素直に、それとも、不本意に。

「渋々、または潔く。

「謝れるのかしら。

「許すときに、許す口実が必要であるように、謝るためにも、謝る口実が欲しいというのは、これは私でなくとも、ひねくれちゃった人間の、本心ではあるでしょうね。

「将棋の棋士の話をすると、彼ら彼女らが、打つ手がなくなったときに、自ら降参の言葉を発するのは、別に棋士という生き物がこぞって素直だからでも、潔いからでもなく、そういうしきたりだからなのだもの。

「法整備がされているから。

「だから、たとえ身がよじれるほどに悔しくても、本音では負けを認めたくなんてぜんぜんなくて、これが実力差なんだと納得もできなくても、どこかで『まだあるはずだ』と感じていても、『ありません』と言うことができる。

「負けを認めることを。

「自分に許せる。

「気持ちの上では負けてないけれどルールだから仕方ない、と思える。

「調停と言えばいいのかしらね。融通の利かない習わしでも、そう明確に定めてくれさえすれば、従いやすい。

「謝るか謝らないかくらい自分で決めろと言われても、自分で決めたら、謝らないに寄ってしまう人間にとっては、やっぱりきっかけは欲しくなる。

「謝ったほうがいいことはわかっているもの。

「正しい謝りかたがわからないだけで——白状すれば、謝りたくないという以上に、謝っちゃ駄目なんじゃないかという、そんな強迫観念もある。

「我ながらわけがわからないけれど、そこで謝ったら、大切なものを失うんじゃないかという予感がある——プライドなのかしら、矜持なのかしら、もっと大切なものを喪失するという気がする。

「変な言いかたをすれば、そう、信頼を失うような

――一言謝れば、今は凌げるかもしれないけれど、将来に禍根を残す気がしてならない。

「凌ぐために忍ばなければ。

「実際は逆で、今謝らないと、タイミングを逃せば、一生後悔することになるというのに――私がもう母に、暴言を謝ることができないように。

「あのとき何者かが、『お母さんに謝りなさい』と、きつく私を窘めてくれていたら、どれだけよかったか――何者か、じゃなくて。

「そんな法の精神があれば、どれだけ救われたか――少なくとも、お母さんは救われた。

「私も救われた。

「謝罪は強制されるものじゃない。

「己の意志で発されたのではない謝罪など、完全に無意味だ――そうなんでしょうけれども、でも、何が悪いかを定義するのが法律であるなら、罪刑法定主義に従って、その解決策を提示するのも、やっぱり法律であるべきなのじゃないかしら」

021

というわけで、アポなしの旅を地元で堪能した僕だったけれど、しかしするのとされるのとでは大違いというのは、被害と加害の二項対立には限らず、クルマで曲直瀬大学に戻った僕は、約束のない人物からいきなり声をかけられ、自己決定に基づかず予定外の足止めをされるというのがどれくらい迷惑なことなのかを思い知らされるのだった。

もっとも、いきなりではあったが、予定外というのは少し違うかもしれない……、意志に反してとも言いにくい。謝罪に関するこの調査を能動的に続けている限り、いずれは相見えなければならない相手だったし、またそうでなくとも、僕に会いに来ただろう相手だった――そう、謝るために。

「阿良々木クン？　ちょっといいかい」

格好いい男だった。

いや、格好よかった男だったと言うべきか？

たぶんちょっと前まで、なんならほんの数日前までは見目麗しい紅顔の美少年だったことは察せられるのだが、髪はぼさぼさで、隈に囲まれた目元はくぼみ、頬はげっそりとこけ、無精髭まで生えている……、ファッションも、もしもそれをファッションと呼べるのならばだけれど、寝間着同然のそれだった。

秘密の地下洞窟でも通って大学に来たのかと思うような有様である……、雨漏りのする廃墟で暮らしていたあのアロハのおっさんが小綺麗に思えるくらいだ。

「謝りたいのさ——食飼サンのことで」

「…………」

つまりこの美少年、元美少年が、命日子が言うところの彼クン、なわけだ……、サークル研究部の仲間には謝り尽くしたので、文字通りの部外者である僕を、いよいよ探し当ててきたってわけだ。命日子の友人と目してもらえたようで何よりだぜ。僕の思い込みではなかったわけだ。

当事者。

加害者。

いずれは僕から訪ねていくつもりだったとは言え、しかし、やっぱり向こうから来られると、先制攻撃を食らった感がありありとするな……、授業が終わったあと、念のため大学図書館で裏取りをしようなんて考えていた僕の計画の、のんびりっぷりに呆れ果てるぜ。

命日子の話によれば一個上の先輩のはずなのだが、やつれて、無精髭さえなければ、幼い感じの大学生だ……、とても夜這いをするような人間には見えないのだが、なるほど、こういうのが命日子の好みなのか。

年上には見えない感じ……。

そう言えば軽音部も童顔だったな。

児童虐待の専門家としては、ちょっと心配な傾向でもあるけれど、それはまあ措くとして……、ここはどう対応するのが正解かな？
①きみは誰？
②食飼サンって誰？
③阿良々木クンって誰？
「阿良々木クンって誰？」

僕が選んだのは選択肢の③だったが、どうやら下調べはされていたようで、「いいんだよ、わかる、俺なんかとは話したくないよね、阿良々木クン」と、聞く耳を持たない。

そして人目も憚らず、

「ごめんなのさ、阿良々木クン！　俺はきみの大切な親友を傷物にしてしまった！　頼む、俺を殴ってくれ！　殴ってほしいのさ！」

と、勢いよく頭を下げた——頭突きかと思うくらいの勢いで。

親友と来たか。

「手加減なんてしなくていいのさ！　なんなら首を絞めてくれ！　遺書はもう書いてある、阿良々木クンが罪に問われることはない！」

あるだろ、どんな遺書を書いたとしても。

と、刑法を振りかざしている場面でもないな……、幸いと言っていいのか、八九寺と思いのほか話し込んだことが功を奏し、大学の授業には順当に遅刻した結果、周囲に人はまばらだが……、ぼろぼろの身なりの先輩に頭を下げられている図というのは、どうにもばつが悪い。

羞恥刑……。

「と、とりあえず場所を変えようか？　えーっと……」

名前、聞いてなかったな。そう言えば。

「名前なんてない。親の名前も、親からもらった名前も、名乗る資格は、もう俺にはないんだ。どうしてもというならゴミと呼んでくれ」

「……はは」

なるほど、芝居がかっている。

戦場ヶ原ひたぎも、イベリコ豚と呼べとかなんとか言っていたが……、だが、ふざけているというわけでもなさそうだ……、淀んだ目が、ぎらぎらと輝いている。

妖しい光を放っている——妖魔令。

「僕もゴミって呼ばれたことはあるけどな、しかも彼女に。受けるだろ？」

そう場をなごませながら、移動しようとする僕の手首を、彼クンはぎゅっと握った……、折られるんじゃないかと思うくらいの握力で。

「逃がさないのさ。阿良々木クンが俺の謝罪を受け入れてくれるまでは——阿良々木クンが俺を殴ってくれるまでは。骨を折って、俺の頭蓋骨を折ってくれるまでは」

頭を下げたまま、上目遣いで僕を睨みつける彼クン——完全に目が据わっている。一応と言ったらなんだけれど、僕も一応元吸血鬼なので、力尽くで振りほどくことはできるのだけれど、それを許さない迫力があった。これが①非対称戦争だとすれば、今のところ、かなりの劣勢である。頭蓋骨はともかく、ここは僕が折れるしかなさそうだ。

「……オッケー、オッケー。じゃあここで話そう。話し合おう」

なだめるように言いながら、僕はすかさず、元吸血鬼の才覚を遺憾なく発揮し、周囲からは干渉されないように結界を張る——これで邪魔は入らないと言いたいところだが、残念ながらそんな才覚は、搾りかすの僕には残されていなかった。

僕が張れるのは見栄くらいのものだ。

そもそも忍が結界を張るところも見たことねーよ——あいつ、人目とかぜんぜん憚らなかったもんな。王だから。

そんな感じで難易度が跳ね上がった。

僕は周囲の目を気にしながら、命日子の『加害者』

である彼クンから、刺激しないように、聞き取り調査を完遂しなければならない……、ただ、これって果たしてどうなんだろうな？

見る限り、うらぶれた雰囲気の彼クンではあるが、誰かから暴力を受けたような形跡はない……、絆創膏も包帯も痣もたんこぶもない。同じようなことを、サークル仲間全員に言って回って、それでも誰も、彼を殴らなかったということなのだろうが……、さもありなんだ。

この状況で、いったい誰が殴れる？

頭蓋骨をどうこうできる？

あえて公共の場で、劇場的に謝罪しているような気もする……、穿った見方をすれば、頑なにここから移動しようとしないのも、人目のないところに連れて行かれて、本当に殴られるのを回避するためと言うこともできる。

むしろ身だしなみを整えてさえいるような……、わざわざ髪をぼさぼさに、パンダ目にやせこけた特殊メイクを、無精髭を精進して伸ばしているような……、一番殴りづらいビジュアルで現れているような。

邪推かい？

まあ、昔の戦場ヶ原ひたぎとかなら余裕で殴るんだけど（実際に彼女はクラスメイトが見守る中で老倉をぐーで殴って、それなりの問題になった）、サークル外にも数いる命日子の友達の中でも、あえて僕を狙ってきたあたり、そこに戦略を感じなくもない。

善良で優しく、虫も殺したことのない僕に謝ってくるあたり、さてはこの男、⑤試し行動の戦略を……。

「そうじゃのう。まさか今自分が頭を下げておる相手が、虫も殺せぬ小児性愛未成年者略取近親相姦チャイルドシート野郎じゃとは、夢にも思わんじゃろうのう」

スーパー大犯罪者みたいな悪名高い呼び声が僕の

影から聞こえた気がするが、これはいざというときは儂が出るぞという幼女のアピールでもあるのだろう……、頼もしい限りだが、ただし、お前の出番はもうちょっと後だ。

快適空間でおなかを空かせていろ。

「さあ！　阿良々木クン！　俺を殴ってくれ！　俺は殴られなければならないのさ！　自殺して許されるならすぐさまそうするところだが、それじゃあ命日子の気が済まないんだ！　命日子は俺に、もっときついお仕置きを望んでいるのさ！」

一日違いのぎりぎりとは言え、命日子から先に聞いておいてよかったな……、試験対策もしてみるものだ。学ばされるぜ。何も知らない状況で、身だしなみに気を遣わない元美少年がこんな風に迫ってきたら、何もわからない僕はもうたじたじだっただろう。

もしかすると、人の好い僕は、彼クンのいうことをすっかり鵜呑みにしていたかも……、加害者の言い分を鵜呑みにするというのはただでさえ危険だが、加害さえ成立していない場合においては、尚更である。

「僕が思うに、命日子はさあ……」

「命日子は関係ない！　これは俺と阿良々木クンの問題なのさ！　これ以上命日子を傷つけたくないのさ！」

自分から振っておいて、激情に駆られたようにまくし立てる彼クン……、劇場型の激情とでも言おうか。先に事情を聞いていなかったらと言うか、聞いている今でも、ただただ恐怖している、僕は。

もしかすると国語が苦手な僕の描写力が足りなくて、彼クンの様子がちょっと面白く、なんなら滑稽に映ってしまっているかもしれないけれど、だとすれば申し訳ないと、ここに謝罪したい。

僕は今、普通に身の危険を覚えている。

許されることならこの場から一目散に逃げ出してしまいたい——許されることなら。ただしそれは許されない。

束の間里帰りをして、高校三年生の僕を思い出した本日となっては、尚更だ。

舐めてもらっちゃあ困る。

僕は虫も殺せない、小児性愛未成年者略取近親相姦チャイルドシート野郎ではない——吸血鬼とだって和解した男だ。そんな僕を相手に話し合いとは、恐れ入ったぜ。

命日子からは止められていたが、そちらがお望みとあれば是非もない。

遠慮なく僕の土俵で取り組ませていただこう。

「よし。聞こう、おたくの意見を」

僕は彼クンにそう言って、その場に、つまり地べたに、どっかりあぐらをかいた——話がつくまでここを梃子でも動かないという意思表示だ。膝ががくがく震えているのを、座ってしまえば見られなくて済むしな。

覚悟しろ。

僕は泣いて謝るまで話し合う。

「おたくの意見には反対だが、おたくが意見を述べる権利は死んでも守る——マジで死んでも」

視線が一気に低くなったことで、ずっと頭を下げっぱなしだった彼クンの表情がほぼ正面から見える形になったが、彼クンは、人目を憚ることなく座り込んだ僕に、『先に座られてしまった』というような、強い衝撃を受けた顔をしていた……、タイミングを見て土下座でもするスケジュールを組んでいたのかな。

だとすればおあいにく様だ。

金髪幼女に夜っぴて土下座した、僕に一日の長がある——朝駆けの不意打ちに対して、ようやくカウンターを一発返せたかな。殴ることのないカウンターを。

それでもまだ始まったばかりだ。

なんなら六百年、座り込もう。

「僕でよかったら、話、聞くよ——悪しからず」

022

「法律はもちろん万能じゃない。

「穴だらけだし、抜け穴だらけ。

「あな穴だらけよ。

「解釈する者次第でどうとでも解釈できるというのは、先刻述べた通りであって、そもそも不変でもないから、絶対じゃない。

「どころか、無法地帯よりも酷い法治もある。

「目を覆いたくなるようなルールに、唯々諾々と従うしかない状況はそこかしこにあるし、あるからと言って、それを是とすることは難しい。

「意に添わない謝罪を強制させられるのは、やはり屈辱でしょう——ただ、生命や食材にぜんぜん感謝していなくとも、テーブルについたとき『いただきます』と、抵抗なく、嘘をついているつもりもなく言えるのは、結局、それが伝統的なしきたりだからだわ。

「『ごちそうさま』はマナーかしらね。

「感謝していなくても『ありがとう』が言えるのならば、悪いと思っていなくとも『ごめんなさい』は言える。

「むしろ、いいことをしている気分になれるかも——規律に則った、正しいことをしているんだという自覚は、自身を高揚させてくれるんじゃないかしら。

「悪いことをしたから謝ると言うより。

「正しいから、謝る。

「謝ることが正しいのなら、私は正しい。

「むしろ謝らせてくれてありがとうってなもの。

「極めてポジティブな自己肯定感よね——自己否定も自己批判も気持ちいいけれど、それでも、自分は正しい、自分は間違っていない、自分は悪くないという正義感は、万能感に通じるもの。

「法は万能じゃなくとも、私達に万能感は与えてくれる。

「たとえ頭を下げていても、内心では、胸を張っているようなものよ——正しいルールに従っているという、誇りがある。

「謝っても、誇りは傷つかない。

「そうなると、いっそ謝りやすいわよね。謝ったほうが得なのであれば、むしろばんばん謝りたくもなるでしょう——謝らずにはいられないわ。

「むしろ謝るために、わざと過失を犯してしまいそうになったりもして——わざと過失。こうなると、ミュンヒハウゼン症候群のごとしだけれど、正義に酔うというのは、どうしても危険よね。

「今はなき栂の木二中のファイヤーシスターズを妹に持つあなたならば、それは常々、実感してきたことでしょう——正義を標榜する危うさは、ご承知のはず。

「でも、そんな危うい、法という化物の力を借りなければ、謝ることのできない人間もいる。

「そんな人間こそが化物だと言われれば、なるほど、返す言葉もないわ——こんな私に、かける言葉がないように。

「かける魔法もないように」

023

「ごめんねー！　暦ちゃん、ごめんねー！　結局ー、最大限に巻き込む形になっちゃってー！　そんなつもりはなかったんだよー！」

命日子に謝られてしまっては、僕は何の目標も果たせなかったということだ——しかし、なぜ、大学図書館帰りの（本日、僕が達成できた唯一の予定である）僕のところに、命日子が駆け寄ってくるのだ？

まさか彼クンから報告が？　いやいや、命日子はとっくに着拒のブロックにしているはずだ。

「出回ってるよー！　暦ちゃんが大学構内で座り込んでいる画像がー！　『#座りこよみ』でー！」

「『#座りこよみ』って」

心から馬鹿にされてんじゃねえか。

小学五年生くらいうまいこと言う奴がいるぜ。

「大丈夫。僕が本気のときは、カメラには写らないから」

「た、確かに画像は粗かったけどー？」

戸惑いを見せつつも、命日子はばしばしと、平手で僕の身体のあちこちを叩きまくった——どういう感情の発露なのかと思ったが、どうやら僕に、怪我がないかどうかを確認しているようだ。心配してくれているのはわかるが、なんて乱暴な健康診断を……。

怪我をしていたらどうするんだ。

何があっても動じないのんびりガールだと思っていたぜ。

「大丈夫。彼クンとは極めて平和的に話し合っただけだよ」

「本当ー？　彼クンの画像も粗かったけどー、つまり彼クンも本気だったってことでしょー？」

ん……、本気云々は冗談のつもりだったのだけれど、いや、そういうこともあるのか。もしも彼クンが——彼が、妖魔令からの指令に従って、行動しているのだとすれば。

④命令系統。

「心霊写真が出回ってしまったか……」

「とにかくごめんねー！　こんな迷惑をかけちゃうなんてー！　わたしのこと、嫌いにならないでねー！　一番仲のいい友達を失いたくないのー！　一回だけなら夜這いしてもいいからー」

「それで友達じゃなくなっちゃうだろ」

「許してくれるー？」

「許す許す許す」

「よかったー」

ほとんど涙目だった命日子だが、そこでけろっと、笑顔を見せた——ほっとした。彼クンとのやりとりだけで十分に疲弊していたのに、ここから命日子との第二ラウンドが始まるなんて、いくら僕でも遠慮したい——という、本音ならぬ弱音もあるが、それ以上に、もしもここで、命日子までが謝罪中毒の症状を見せるようであれば、僕が立てた積木みたいな仮説が崩れるからだ。

五つの仮説なんて、まして十三の仮説なんて、幅の広いことは言わない……、僕程度の器量で立てられる仮説は、たったひとつが精々だ。

それが危うく、脆くも崩れ去るところだった……、くわばらくわばら。

「それでー？　どうやって彼クンー、もといー、元彼クンを追い払ったのー？」

「腹を割って話しただけだよ。思えば最初から、僕はそんな教えを受けていた」

「教えー？　誰からー」

「アロハから」

もっとも、アロハはこうも言っていた。

言葉が通じないなら戦争しかない、と。

その意味じゃあ、危なかったのは、僕だったのか、それとも彼クンだったのか——非対称戦争。

言ってしまえば僕の影では、僕の身に何かあったときには世界を滅ぼしかねない金髪幼女が牙を研いでいたわけで、実際、命がけの交渉だったと言っても過言ではない。

さて、とは言え命日子には、どこまで話したものかな——ひたぎや老倉とは、命日子を繋ぎたくないのだが、そもそも僕が動き始めた理由が、三つの類例が確認されたからだし……。

ただ、今日、ああして彼クンと面と向かってみると、やっぱりそれぞれに個性があったな。戦場ヶ原ひたぎは、過去の平坦さを思わせるクールな謝罪だったし、老倉は、言っていることが真逆なだけで、いわばいつも通りの見慣れたヒステリーだった——彼クンの劇場型の激情とは、二人とも種類も傾向も違った。

同じ命令を受けても。

実行する者が違えば、パターンも変わるか。

本人が怪異化しているわけではない……。

ただ、それもあるんだろうな……、ひたぎと老倉を先に経験し、ある意味、ハードな特訓を済ませていたから、不意打ちであろうと、彼クンに応対できる下地はできていた。

知り合いにされるほうがキツいってのもあるかもな。

「ま、もう心配はいらないよ」

逡巡した末に、僕は結局、結論を言うだけにとどめた——友達に秘密を持つのは不本意ではあるが、ここはいい格好をしよう。

僕はそういう男だから。

「彼クンはもう、二度と、お前の前には現れないそうだ」

「……？　ふうんー？」

疑惑のまなざしを向けられたが、しかし命日子は、あえて追及して来なかった——この辺の距離感は、さすがは彼氏が途切れたことのない女子大生という気がするぜ。

僕だったら追い縋っちゃうもんな。

「サークルはもう辞めたそうだし。構内や授業でニアミスすることくらいはあるかもしれないけれど、これからは無視するそうだ。僕と彼クンは、そういう、男と男の約束をした」

「無視されるんだー。わたしー」

それはそれで心外みたいな顔をした命日子だったが、「でもそれでいいよー。元彼クンに大学を辞めてほしいとまではー、ちょっとしか思ってないよー」と言った。

ちょっとは思っているらしい。そりゃそうだ。

「でも、男と男の約束っていいねー。格好いいー」

「そう。阿良々木暦は格好いいのさ」

実態はぜんぜん違うが。

阿良々木暦はいい格好をしているだけで格好よくないし、そして何より、僕は彼クンと、男と男の約束なんてしていない——さんざん話し合い、僕は彼クンの話をすべて聞いたけれど、最終的に、それで解決したのだとは言いがたい。

平和的ではあったが、しかし結ばれたのは力ずくの平和条約だ。

あれは約束じゃない。

あれは——命令だ。

「……④命令系統ゆえに、って言うのかな。つまるところ、誰かの命令をきく奴っていうのは、他の奴の命令もきくから」

「？　何の話ー？」

「ロボット三原則か何かの話」

目には目、歯には歯、怪異には怪異。

そして命令には命令——作戦があったわけじゃない。

だが、やはり下地はあった——即日、地元に帰って、行き当たりばったりに扇ちゃんから話を聞いていたのは、僕にしてはありえないファインプレーだった。

彼クンが、あるいはひたぎや老倉が、外部からの影響で、強制されて謝っているのだという発想は、確かに僕にはないものだった——怪異に基づいているのだとしても、あくまで紐づいているのは、本人の理性であるはずだと想定していた。僕はよくも悪くも、個人の意志というものを信じ過ぎている。意志の弱さの裏返しとも言える。

それでしくじってきた。

薄弱ゆえに。

だが、もしも彼クン達が、②自罰傾向や③自己犠牲にはあるような『自分』のない状態で謝罪を繰り返しているのであれば、そりゃあいくら説得しようと、腹を割ろうと、無意味である——割った腹は竹を割ったように空っぽで、説得すべき本体は、彼らの後ろで糸を引いているのだから。

紐は、違う場所に根付いていた。

「AIの話ー？　前後で矛盾する命令を入力されたら、コンピューターはいったいどう反応するのかってー？」

彼女の専門分野とはややズレるが、それでも命日子なりに考えたようで、「そりゃ普通ー、あとの命令を優先するよねー」と言う。

「後出し優位の法則ー。融通は利かさないとねー。でも、実際はどうなのかなー？　先行して入力された命令をー、愚直に墨守しちゃったりするのかなー？」

「他の奴の命令は聞くなって入力されていることもあるだろうしな——ただまあ、頑なに見えても、意外と柔軟だぜ」

柔軟と言うより、頑なゆえに、シンプルだった。

さんざん話し合った末の、彼クンが限界まで疲弊したところで切り出したというタイミングもベストだったのだろうが（吸血鬼の体力は無尽蔵である）、そうじゃなくても、僕の『命令』は通用したことだろう。

なにせ——王の勅令だ。

怪異の王の。

「……しかしこの手って、ひたぎや老倉相手には通じないよな。謝罪対象からの命令を受け付けてくれる仕組みにはなってないだろうし」

あくまでも僕が、命日子と彼クンの問題に関して、関係のない第三者だったからこそできた『命令』である——それに、命日子を不安にさせたくはないが、実は根本的な解決にはなっていない。

あくまで一時的な処置と言うか、姑息療法だ。

入力の上書きに成功したようでいて、もしも再び、彼クンが④命令系統の指揮下に置かれた場合、元の木阿弥、いたちごっこである。

書き換えは書き換えられる。

鉄血にして熱血にして冷血の吸血鬼の名を借りた命令といえど、あくまで、そのなれの果ての権力だし……、実体のない権力を笠(かさ)に着たという意味では、僕にセカンドチャンスはない。

扇ちゃんも言っていた。

鬼すら敵でない、妖魔令。

付け加えて言うなら、彼クンにとっても、いい解決ではない――わかりやすくロボットでたとえたけれど、むろん人間はロボットじゃない。命令の上書きなんて、二律背反のダブルバインドに陥りかねない……、まあ、命日子が受けた『謝罪』の迷惑度合いを思うと、彼クンにも多少は苦しんでもらわないと帳尻(ちょうじり)が合わないんじゃないかという気持ちも僕にはあるけれど、さすがにそれを、そのままでよしとはできない。

根本的な解決を望むならば、個々に接触し、個々に対処するのではなく、結局、糸を引いている根っこを断つしかない――悪法も法なら、法改正を望むしかないのだ。

「でもー、なんにしてもありがとうだねー、暦ちゃんー。まだどうなるかわからないけれどー、ひとまずは助かったよー、本当に本当に本当に本当にありがとうー」

「そこまで感謝されると居心地が悪いぜ。本当に本当に本当に本当に居心地が悪いぜ。たまたま僕がその役を担っただけのことさ。誰にでもできることを、僕がしただけだ」

実際には忍のお陰みたいなところもあるので、謙遜(けんそん)の言葉も堂に入っていたが、しかし命日子は譲らず、「いやいやー、暦ちゃんだからこそでしょー」と続けた。

「暦ちゃんの言うことだからー、元彼クンもおとなしく従ったんだよー」

「……ん?」

妙に強調するな。

そこまで僕は、命日子に頼れる男だと思われていたのだろうか？　だとすれば照れるぜ。正直、こいつの前で、そんなにできるところを見せた覚えはないのだが……。

できないところ、特に勉強ができないところばかりを見せている。

「サークル研究部の強面（こわもて）が矢面に立ってくれてもー、ぜんぜん駄目だったのにねー。やっぱり地縁って強いよー」

「サークル研究部に強面がいるの？」

どんなサークルだよ。

じゃなくって……、地縁？

「命日子、地縁って何？」

「あれー？　言うのが遅延してたっけー？」

とぼけた風に首を傾げてから、

「彼クンはー、暦ちゃんと同じー、直江津高校の卒業生なんだよー？　わかっててー、話し合ってたんじゃないのー？」

と、命日子は言った。

「……聞いてないな」

否。

知ってるだろうけど——と、言っていた。

言っていたが、だとすると——話がぜんぜん違ってくる。

話し合いが、ぜんぜん違ってくる。

024

「悪意がないことよりも、自覚がないほうが厄介よね——要するに『悪いことをした』と思っていないどころか、『した』とも思っていない場合は、本当に何を謝ったらいいのか、わからなくなってしまうでしょう。

「被害を与えたかもしれないけれど、迷惑をかけたかもしれないけれど、それでも自分は正しかった、そうするしかなかったんだ——という主義をお持ちならば、いっそ確信犯として、ピカレスクロマンを気取ることもできるでしょう。

「でも、『正しいことをした』とも『悪いことをした』とも思っていない——『私は何もしていないのに』という一廉（ひとかど）の人物には、いったいどのような謝罪を要求すればいいのか、頭を悩まさなければならないわ。

「法で課せられた義務を果たしていないと言うような『何もしていない』なら、むろん譴責（けんせき）のかけようもあるにしても、そんな違反さえしていないというぐーたらに、あなたのその自覚のなさが問題なんだと、どう説明したらいいかしら。

「怒られたくないから何もしない。

「そんな思想もある——怒られたくないから思想を持たない。

「もっとも、自分には関係ないと高見の見物を決め込む、そんな一廉の人物こそが、第三者たり得るとも言える——裁判官や陪審員は、己に関係のある加害者を裁くことが、あるいは関与した事件を担当することができないように。

「法律を施行し、執行する人間が、ことの当事者では、国民も納得できないでしょう——それでは法に例外が生まれることになりかねないので、厳密な第三者など存在しえないのだけれど、建前は尊重しないと。

「五人辿れば誰もが知り合いとなる、スモールワールド仮説というのもあるけれどどこまでの関係性をもって、関係者と呼ぶべきかしら。

「あなたも。

「他人事だと思っていたでしょう？

「トラブルに首を突っ込みながらも、あくまでもそれは、恋人や友達や幼馴染に降りかかった災難を解決するためでしかなかったでしょう？

「裁判官のつもりだった。

「あるいは、名探偵の役回りだった。

「でも、そうじゃなかった……、名高い阿良々木暦でさえ、辿って伝って繫がれば、平等に――法の下の平等に、何様でもない同様の当事者となる。「裁判官も、被告席に引っ立てられるのよ」

025

「俺が必死こいてガリ勉して合格した志望大学にさあ、直江津高校始まって以来の落ちこぼれと名高かったあの後輩が、のうのうと入学してきてたわけさ。噂によれば女性を目当てにさ。いや、別にいいし、俺が文句をいう筋合いじゃないんだけれど、なんか一言、謝って欲しい」

とか言ってたそうだ、彼クンは。

自分の知らないところで自分がそんな風に話題に上っていたなんて、あと、僕が直江津高校始まって以来の落ちこぼれと名高かったなんて、しかも女性を目当てにとか言われていたなんて、非常に気持ちの悪い話だったが、しかしお陰で謎が解けた。

シナプスが繫がるように。

ミッシングリンクが繫がった。

と言うより、これは情報が多過ぎて、混乱してしまったパターンである……、もしも命日子から彼クンの謝罪攻勢を聞いていなければ、素直に僕は、ひたぎと老倉の共通点を探れたのだ。いや、その場合は、ひたぎからの年始の挨拶のごとき別れ話と、老倉からの待ち伏せのひれ伏せを、それはそれで繫げて考えにくかったかもしれない……、そもそも、老倉が直江津高校を退学しているので（転校だっけ？）、正直、あの幼馴染が懐かしき母校の同窓生という感じはない。

僕の身内、というくくりでしか見られなかったかもしれない……、しかし、乱数としての彼クンが、僕の高校時代の、一個上の先輩だったというのであれば、共通点はあからさまだ。

直江津高校の卒業生。またはそれに準ずる者。

そして現在、曲直瀬大学に籍を置く。

正直、僕……、直江津高校始まって以来の落ちこぼれであるらしい僕は、部活動にも所属しておらず、即ち先輩後輩関係は、在学中にほぼ生じていないと言っていい。

それは、先述の老倉ちゃんは言うまでもなく、一年次・二年次ともに深窓の令嬢を装っていた戦場ヶ原ひたぎも、事情は同じである……、まあ、警戒心ばりばりだった深窓の令嬢の場合は、抜け目なく全校生徒の個人情報を握っていたかもしれないけれど、それでも一方通行の関係、無関係でしかなかったはずである。

当事者意識は皆無だ。

つまり、三者に関係が生じたとすれば、高校時代ではなく、曲直瀬大学におけるキャンパスライフにおいてと見て、まず間違いない――随分遠回りをしたが、ここまでわかれば、もう正解に辿り着いたようなものだ。

きっとあるのだろう、僕以外の直江津高校卒業生が全員属しているような、ライングループが――老倉なんて卒業生でさえないのに、僕がハブられている理由は何かという新たな謎が生じてしまっているが、それはまあ、夜にお布団で、枕を濡らしながら考えるとして……。

「命日子。彼クンの行動履歴を知りたい。彼クンは、サークル研究部以外で、この大学内で何か主立った活動はしていなかったか？　国際系とか……、数学系とか？」

理屈を言えば、僕の直接の知り合いであるひたぎや老倉から聞けばいいようにも思えるが、残念ながら、謝罪対象である僕じゃあ今の彼女達とは話にならない――話にならないのは、命日子と彼クンも同じだろうが、彼クンがああなる前に、何かを聞いている可能性は高い。

「んー？　元彼クンはわたしと違って、サークルの掛け持ちはしてなかったと思うよー？」

「そうか……、じゃあ、同じ授業を取ってるとか……」

学年や学部が違っても、授業が同じになることはあるだろうけれど……、なんだかしっくりこないな。直江津高校の元生徒ばかりが取っている授業なんて、あるとは思えないし——僕はまるでなじめなかったけれど、直江津高校はあれで立派な私立進学校なわけだし、校友会みたいなのがあっても、おかしくないのだ。

「あー、そう言えばー？　サークル活動とかー、同好会っていうのとはー、ちょっと違うかもだけどー、去年の年末ー？　冬休み前にー、彼クンってばー、こんなことを言っていたかなー？」

まだわたしとラブラブだった頃ー？

なんて、そんな蜜月期間がいつかは知らんが、冬休み前というのは、時期的には完璧にマッチする。

また単に、僕の知らないところで僕の悪口を言っていただけかもしれないが……。

僕の悪口で盛り上がってた三人組じゃないだろうな？

直江津高校始まって以来の落ちこぼれねえ。

自分が他人からどういう風に見えているかなんて、高校生の頃はほとんど意識したことがなかったけれど、改めてそんな風に言われると、なかなか堪えるものがあるな。

自分で言うのはまだしも、身内に言われるのもなんとか、しかし赤の他人に言われるのはキツい。メンタルに来る。

しかも反論は難しい。

いや、別に僕も、さすがに成績が学校中で最下位だったわけでもないので、そこまで言われる覚えはないのは事実だが、しかし、その評価に続けられた言葉には、ぐうの音も出ないところはある……、『一言、謝って欲しい』。

なるほどね。

確かに僕は、高校三年生になるまで……、もっと細かく言えば、高校三年生の六月になるまでは、進学やら受験やらどころか、卒業自体が危ぶまれていた。

日傘ちゃんの、いわば正反対だ。

こんな未来、誰も予想していなかっただろう。親でさえもだ……、その意味で、地獄のような春休みだの、悪夢のようなゴールデンウイークだの言いながら、僕は非常に恵まれていた。

どころか、ズルをしたと言うべきだ。

そう告白し――そう懺悔するべきだ。

直江津高校きっての才媛ふたりが付きっ切りの家庭教師で偏差値を跳ね上げた、だけのことを言っているわけじゃない。

見合うだけの努力はした、その自負はある。

だけどその努力自体、でたらめな吸血鬼パワーに裏付けされてのものであり、無尽蔵の体力とか、漫画みたいな集中力とか、いくら徹夜しても平気とか、そりゃあなんぼでも受験知識を詰め込めるだろうって寸法だ。

これが不正じゃなきゃ何が不正だよ。

むろん、僕にだって言い分はある。大切な追い込みの時期である冬休みなんて、僕は毎日のように蛇神に殺され続けていたわけだし、受験当日の朝なんて、真っ逆さまに地獄に落ちていた――メリットとデメリット、なんて割り切った言葉でわかったように分類するのは難しく、単純な損得でも語れるものじゃない。

しかし客観的に見て、吸血鬼体質なくして、また僕の人生が怪異に絡んでいなければ、大学生の阿良々木暦はいない――高校留年、もしくは高校中退の阿良々木暦がいる。

高確率で神原や日傘ちゃんと机を並べていた。同学年だったら、まず友達になれていないであろうあのふたりと。

そこも含めて今の僕なので、自分自身ではそこまで否定的に捉えてはいないのだけれど……、ただ、同時にこれは、僕自身の話でしかない。

個人情報であり、私事(わたくしごと)だ。

僕は何も、『吸血鬼体質』と書いたTシャツを着て普段から生活しているわけじゃないのだ。僕の事実上の不正、よく言ってもアドバンテージは、彼クンの関知するところではない。

一言、謝って欲しい。

などと、だから言われる筋合いはないはずだ……、ないはずなのだが、そう言えば日傘ちゃんとの会話も思い出す。

僕みたいなもんが『のうのうと』大学に通っているというだけで、彼クンや日傘ちゃんから見れば、業腹なのかもしれない……、やりたいことが特にあったわけじゃなく、『彼女が推薦入学を決めている大学だから』と言うだけで、数学科なるマイナーな進路も、たまたま数学が得意科目だったからというだけで選んでいて、僕は別段、数学者を志しているわけじゃない。老倉のようにオイラーをリスペクトしている志高い若者ではない。

こつこつと日々を真面目に積み重ねていた受験生から見れば、馬鹿にしているように見える一足飛ばしだったかもしれない……、誤解だが、誤解される要素はある。人によっては、日傘ちゃんのように、グレたくもなるだろう。

やってられないと思うチートキャラかも……。

熱心に部活に打ち込んでいた生徒が、引退してから同レベルのモチベーションで勉学に集中すると、嘘みたいな成績の上がりかたをするそうだが……、神原がそうだとしても、僕の場合、そのパターンでもないしな。

傍目(はため)には、ふざけているようにさえ見えるだろう……、もちろん、彼クンとて、本気で僕に、謝って欲しいと執着していたわけではあるまい。

あくまで、雑談の一環に決まっている。

ストレス発散だ。

真剣にそう思っていたのなら、そもそも僕からの『命令』なんて受け付けまいし……、しかしやれやれ、『怪異の王』の権威を笠に着ての命令だから、二律背反の中、こちらの法に従ってくれたのかと思ったが、そうではなく、彼クンにとって、まさか僕が、不良の後輩だからだったとは……。

鬼は敵ではないが。

僕は彼クンの——敵だった。

これはこれで、高校時代の不行状に、助けられた形か——その教えには反旗を翻したはずなのに、『人はひとりで勝手に助かるだけ』を、意外と地でいってるな、僕は。

「で、命日子。彼クンはどんなことを言ってたんだ？」

「教授にお願いされてー、三月に受験する新受験生のためにー、年末に開催される最後のオープンキャンパスのー、臨時のお手伝いをするとかー、なんとかー。わたし達のときもー、ＯＢ訪問みたいなのー、あったじゃないー？」

「ＯＢを訪問したことはないが——と言うか、僕は校舎を見学にさえ来なかったが」

「あははー。暦ちゃんってばー、天才肌ー」

お前にそう言われたら暦ちゃんもおしまいだし、人間って奴は万華鏡みたいに、いろんな見えかたをするもんだとつくづく思わされてしまうけれど——なるほど、なるほど。

オープンキャンパス……、まさか扇ちゃんでも八九寺でもなく、一番どうでもいいと思っていた日傘ちゃんとの雑談が、伏線になろうとは。

わからんもんだ。

ＯＢ訪問か。

どうやら僕は、またも地元に、とんぼ返りすることになりそうだった——折角老倉の隣に引っ越したというのに、これじゃあ自動車通学していた頃と変わりないぜ。

026

「一言、謝って欲しい。

「軽い要求のようでいて、応じがたいお願いでもあるわよね——いっそ『謝らなくていいから黙って死んでくれ』と言ってくれたほうが、リアクションが簡単でもあるわ。

「無理無体な要求であれば、断りやすいもの。

「頭を下げる、謝るということが、死ぬより辛いと考えている人間に対し、謝れと要求するのは、卑怯でさえあるわね。

「温度差ってあるじゃない。

「他のみんなは当たり前にやっていることでも、自分はどうしても、どうしてだかわからないけれどとにかく嫌だってこと、ない？

「スカートはどうしても穿きたくないとか、麺をすする音に嫌悪感を覚えるとか、四人以上の集合に耐えられないとか、カメラに写るのが大嫌いとか、飛行機にはどうしても乗れないとか、人それぞれ、どうしても譲れない不好きはあって、そこを突かれると、なんでそんな当たり前のこともできないんだと、不好きが不実みたいに捉えられるトラップよ。

「一方で、謝れという要求が、振りのように聞こえるときもある——『どうせお前にはできないだろうけれど』みたいな響きがあると、それが煽りではなく、期待に聞こえるときもある。

「一言、謝って欲しいといいながら。

「謝るとは思っていないし、ここで謝ったら、逆に拍子抜けみたいに思われちゃうんじゃないかしら——謝れと言われて謝るような雑魚に対し怒っていたなんて、彼ら彼女らの自己評価を下げてしまうんじゃないかと、不安になるわ。

「私は、打ち倒すべき強敵であるべきなのではないかしら。

「わざとやったんじゃないと言えば許しやすいかもしれないけれど、それって反対から見れば、そう言われれば、怒りにくくなるということでもあるわよね。

「故意じゃなかった、事故みたいなもので、誰も悪くないのなら、確かに誰も恨まずに済むけれど——そのとき、抱えているストレスやフラストレーションは、いったいどこに持っていけばいいのよ。

「消えてなくなりはしないでしょう。

「物語に悪役が必要な理由は、どうやらそこにあるようね——そう簡単には謝らない悪役であることが、被害者に対する償いになるケースも、あるのでしょう。

「更生しないという更生。

「改心しないという改心。

「成長しないという成長。

「謝罪しないという謝罪。

「阿良々木暦にも戦場ヶ原ひたぎにも、はたまた羽川翼にも老倉育にもできなかったそんな振る舞いを、『あの男』は、空々しくもしやがったということなのかしら」

027

ただし、阿良々木暦のアポなしの旅も、どうやらこれで一段落だった——決して思わしいラストセンテンスではないし、個人的に思うところがありまくるが、それでも物語は終わらせなければならない。たとえどれほど不如意で、不本意な形であろうとも。洗濯物のように畳まねばなるまい、たとえ汚れたままであっても。僕にとってはバッドエンドだが、誰かにとっては、これがハッピーエンドであることを祈ろう。

いきおいアポなしとは言ったものの、最低限の下調べと下準備くらいはした——僕も多少は成長する。なかんずく、ひたぎと老倉が、命日子が言うところのOB訪問、オープンキャンパスとやらにホスト側で参加していたかどうかというのは、まず確認しておかねばならない事項だった。

もちろん、現在の関係性では本人に確認を取るのは難しいが、確かに同窓生との交流はないに等しかった僕にだって、他に口を利いてくれる直江津高校の卒業生がひとりもいないわけじゃない。昔のクラスメイトの友達の友達みたいな、都市伝説めいたか細い伝手（つて）を辿（たど）り尽くして判明したところ、間違いなく彼女達は、それぞれの学部の一年生代表として（ひたぎは国際経済学科、老倉は数学科）、そんなイベントに参加していた。

お察しの通り、僕には声もかからなかったイベントだが、しかし文句は言えない。誰がどう見ても、阿良々木暦は理想的な受験生代表とは言えない……、彼の受験経験は何の参考にもならない。そこへ行くとひたぎは推薦合格者だし、老倉は、直江津高校を卒業こそしていないものの、不登校や転校を繰り返した末に、奨学金を得て大学に通う、苦学生のあるべきモデルケースと、言って言えなくはない。

そもそも、国立大学に推薦枠を持っている時点で、直江津高校は曲直瀬大学に、太いパイプを持っていると言っていいのだ——他学部、他学年を繋ぐミッシングリンクと言うか、そういう独自のイベントが開催されていることを、僕は最初から想定していてもよかった。

そういった派閥的な関係性を無視してきた僕ならではのボーンヘッドと言える……、これで三人の『謝罪者』達の共通項は見つかった。

のみならず、僕と口を利いてくれる数少ない直江津高校卒業生の話からは、喜んでばかりはいられない実情も露わになってきた。

博愛主義の情報源いわく、直江津高校の卒業生で、似たような症状の在学生が、他にも、しかも多数見受けられているそうで、学内のあちこちで、静かに話題になっているそうだ――ミッシングリンクで繋がっているのは、彼クンやひたぎや老倉のみではなかった。

　思ったよりも、チェーンは長い。チェーンメールのように。

　そこまでの追跡調査はしなかったが、どうやらそのOB訪問会に参加していた元直江津高校のホストが、ほぼ全員、なんらかの『謝罪』に打って出る傾向が見て取れるようで――もちろん個人差はあるが、これはもう、グループで捉えていい状態であり、つまり明白だ。

　そのセミナーで何かがあった。

　何かに遭った――元直江津高生達が。

　あまり言うと拗ねているようでよろしくないけれど、その会に参加してない、誘われさえしなかった、どころか今の今まで会の存在さえ知らなかった僕に、年末、起こった事実を推測するのは本来簡単じゃあないのだけれど――そこは、彼クンがヒントをくれた。

　一言、謝って欲しい。

　合格後のキャンパスライフに対して講釈を垂れるOB達に対し、そんな風に思う、感じる『発令者』がいるとすれば――そんなのは、見学に訪れた受験生側に決まっている。

　中でも。

　合格の見込みを失った受験生側に。

　アポなしの旅の下調べはそんなところで、下準備はと言えば、今や僕の準レギュラーである日傘ちゃんに電話をかけることだった――僕が直江津高校始まって以来の落ちこぼれだとすれば、彼女はその二代目であり、もしも彼女の志望校が曲直瀬大学だったならば、筆頭の容疑者になりかねない危うさがあったくらいだ。

　実際、ちょっと疑ったのだけれど、日傘ちゃんの志望校は曲直瀬大学ではなかったし、そもそも彼女が挫折(ざせつ)したのはもうちょっと早く、言っていた通り、年末辺りには志望校のオープンキャンパスにさえ参加していなかったそうで、それはそれで心配になるほどだった。

準レギュラー面して、犯人ですらないのかよ。

「あー、でも、それならすぐわかると思うッスよ。直江津高校落ちこぼれのグループラインがあるッスから」

「なんて嫌な連盟だ……」

「傷を舐め合ってます」

それはそれで傷物語だが、そんな連盟にさえ入れてもらってなかったあたりが、阿良々木暦の阿良々木暦たる所以(ゆえん)のようである。高校生活でもキャンパスライフでも。

ただ……、それも言ってたな。

そんなドロップアウト組は、直江津高校にはいっぱい、いるって。

進学校である直江津高校だからこそか……、僕だけだと思っていたよ。

「曲直瀬大学を志望している三年生——曲直瀬大学を志望していた三年生ッスよね？」

「うん。あとは……、ひょっとすると、法学部志望かもしれない」

「了解ッス。うちにお任せっス。すぐに調べてメールでお知らせするッス」

情報屋のポジションを確保しつつある。

実際、この情報屋は有能で、僕が地元に向けてニュービートルを走らせる中、以下のようなメッセージを受信させてくれた。

『三年一組　上洛落葉』

『元陸上部』

『曲直瀬大学法歴史学部志望』

『ボブカット、可愛い系。最近スカートを短くした。足のサイズは24センチ。ナイキズームフライ』

『誕生日は2月1日。血液型はO型』

『自宅の住所は……』

『身長153センチ体重50キロ』

『スリーサイズは……』

『ペットの名前は……』

『初めて見た映画は……』

『子供の頃のニックネームは……』

有能過ぎるわ。

秘密の質問に答えたいわけじゃないんだよ。

そのあたりのプライベートな記述は飛ばし、重要な部分に目を凝らす——もちろん、コンプライアンスに則って、信号待ちの間に。

赤信号でも、僕は進んでいる。

ようやく。

『部活引退後に成績を落としたタイプ（うちと同じ、バーンアウト系）』

『仰る年末のオープンキャンパスには参加したそうですが、志望校は既に変更済みだそうで（受験自体を諦めたという話も？　だとしたら、それもうちと同じッス。にこーっ！）』

『最近は盛り場に寄ってから帰宅する。部活仲間もいなくなって、ひとりで遊んでひとりで遅くまでひとり寂しく遊んでいるみたいっス』

『なので、精神状態が不安定な彼女の本日の帰宅コースは、添付の地図を参考に待ち伏せていただければ……』

女衒師（ぜげんし）か、この後輩。

日傘ちゃんには日傘ちゃんで、別の教育が必要なようにも思われたけれど（とは言えある意味、心配はいらないとも思った。この有能さ）、今の喫緊は彼女だった——上洛落葉。

上洛落葉ちゃん。

一個上の先輩を知らなかった僕が、一個下の後輩を熟知しているわけがないけれど、神原と日傘ちゃんの同級生というわけだ……、直接的な接点があったわけではなかろうが、元陸上部という肩書きは、実は特筆に値する。

彼女の目から見て。

中学時代、陸上部のエースであった戦場ヶ原ひたぎは、どういう風に映っていたのだろう——ひたぎに限らず、老倉にしろ彼クンにしろ、自分と同じ直江津高校に通っていた生徒が、『のうのう』と、キャンパスライフを謳歌している姿を見て、何を思ったただろう。

別に、オープンキャンパスが、大学生活の素晴らしさをひたすら自慢する場所じゃないことはわかっているつもりだけれど、それでも、そんな風には思えなかったかもしれない——彼女が、僕のような落ちこぼれなのだとすれば。

謝って欲しいと——思ったかも。

『私』のように、至らなかった者に。

謝罪を要求したかも。

……もちろん、現時点ではただの決めつけだ。他にも容疑者はわんさかいるだろうし、僕のように、そんな互助会みたいなグループにすら参加していない、参加できないはぐれ者もいるだろう——しかし、だとすれば、落葉ちゃんの容疑を晴らすためにも、僕は彼女に接触しなければならない。

もはや問題は、僕の周囲だけに収まらない……、ひたぎや老倉、彼クンのみならず、他の直江津高校卒業生——各学部や各学年に及ぶ『加害者』が量産されているとなると、『妖魔令』は、身内で内々に片付けられる範囲を超えつつある。

今はどうやら、まだ個々人の『奇行』で済まされているようだけれど、曲直瀬大学内で直江津高校の卒業生がこぞって謝罪に走るみたいな現象を、第三者機関から捉えられてしまえば、最悪、大学—高校間の太いパイプが、ぽっきり折れかねない。

来年以降の推薦枠が消滅してもおかしくない。

なので、不本意ではあるが、ここは女衒師、もとい、情報屋の推薦に従って、待ち伏せを敢行するしかなさそうだ——日傘ちゃんのレギュラー昇格は真剣に考慮するとして、まさか、僕のような落ちこぼれが、こんな形で母校に貢献することになろうとは思いもしなかったぜ。

これもおいしいと思うべきなのかね？

それとも一言、謝るべきなのか。

028

「人は変わる。誰もが変わる。

「変心するし変身する。

「有為転変で、万物流転――怪異の王であるキスシヨット・アセロラオリオン・ハートアンダーブレードの全盛期は、いつなのかしらね？

「人から鬼に、鬼から幼女に変貌した彼女は。

「私は今の自分が好きだけれど、昔の私のほうが好きだという人もいるでしょう――お母さんにしてみれば、病床で苦しんでいた、何もできなかった、言いたいことも言えなかった頃の私が、一番可愛かったかもしれないわね。

「私に限らず、だいたいズレるわよね。

「己の評価と、周囲の評価。

「そういうときは、周囲の評価に従うべきだってよく言うけれど、それって本当にそうなのかしら？私のことは、私が一番よくわかっているんじゃないの？

「私を知りもしない人が言いたいことを言っているだけでは？

「それとも、私が一番、私のことをよくわかっていないのかしら――私は私だという自覚に欠けているのかしら。

「アーティストでもクリエイターでもミュージシャンでも、もっとも評価されてもっとも有名だった時代の作品を、必ずしも本人が誇っているとは限らない――初々しくもセンセーショナルなデビュー作を誉められると、露骨に嫌な顔をする先生方の、なんと多いこと。

「露骨に『忘れた』振りをする。

「ベストアルバムに、本当にベストを入れたがらない感覚――ヒット曲を封印したり、あえて売れ線から外れたりするのは、新路線の模索、チャレンジスピリッツや開拓精神というだけではなく、単純な自己否定の要素も含まれていそう。

「客観的な数字に現れる人生のピークを誇れないのは、先生方に限らず、誰しも『その頃』を、照れるように、恥じるように語るものだけれど、もしかすると、その『誇れない』感覚は、『謝れない』感覚と、近似値なのかもしれないわね。

「私がそうであるよう、単に今の自分が一番いいと思いたいからこそ、過去の自分を、どうあれ否定したくなる傾向は見受けられるわよね――ノスタルジィと拮抗する感情だけれど、決してそれだけでもない。

「過去の過ちを謝罪することで、その頃の自分を、認知してしまうような恐怖は、確かにある――今がいいと思うから、過去を必要以上に嫌悪する。そういう意味では、昔のことほど、謝りにくくなる側面も存在するわけだわ。

「頑として。

「時間が解決してくれる日にち薬で、いくら相手が許してくれる環境が整ったところで、蒸し返して辛いのは、謝るほうも一緒よね。

「私を一番許せないのは、私。

「だから謝れない。

「だから謝らない。

「私に言わせれば、阿良々木暦の全盛期は、間違いなく高校三年生の頃だけれど、しかしあなたにとっては、地獄だったり悪夢だったりする時代なのよね――だからこそ思う。

「言いたくもなる。

「あなたはそろそろ全盛期（むかし）の自分を、許してあげてもいいんじゃないかしら――と」

029

「落葉ちゃんだよね？　いやー、よかったよかった、ちゃんと会えて。きみのご両親に頼まれてね、こうして迎えに来たんだよ」

路肩にクルマを停めて待つこと二時間、ようやく通りかかった歩きスマホの女子高生に、僕は運転席から、ウインドウを下げて片肘を出し、そう声をかける。

上洛落葉ちゃん。

直江津高校の制服。スカート短め。ボブカット。

人違いではない。

日傘ちゃんからいただいた情報通りではあるものの、彼女から聞いていたほど、グレているという風でもなかったし、特にギャル化もしていなかった——案外、それも僕の地元の限度ということなのかもしれないが、悪さのリミットが歩きスマホあたりであるあたり、まことに牧歌的である。

こんないい町を出てしまったとは。

「さ、乗って乗って。ご両親が心配してるよ」

運転席から操作して、後部座席の扉を開ける——ほぼ勢いで、なし崩し的に物事を進めようとする僕に、足を止めた落葉ちゃんはスマホから顔をゆったり起こし、怪訝そうにしたものの、ドライバーの向こうの助手席に設置されたチャイルドシートを目に留めて、

「…………」

と、逡巡したのち、無言のまま、『迎えのクルマ』に乗り込んできた。

女子高生にしては不用心とも言えるが、チャイルドシートを見て信用したのだとすれば、嬉しい誤算だった……、幼い子供や年老いた親を紹介するというのは詐欺師の手法として非常に有効らしいが、僕

が人の親に見えたのだろうか。

　あるいは、自暴自棄なだけかもしれない……、後部座席に座るや否や、元陸上部だという足を伸ばしてなるようになれという突っ慳貪(けんどん)な態度でもある。どうやらソーシャルネットワークゲームに興じているらしいスマホに、あっという間に視線を戻してしまったし。

「シートベルトを締めてくれる？　それと、車内では携帯電話の電源を切って。コンピューターで制御されている外車だから、運転に影響が出るといけないから」

「……？　はあ」

　不審そうにしながらも、言われた通りにする女子高生……、シートベルトを締めろというのは、そりゃ常識の範囲内の注意だから従わざるを得ないわけで、その流れでルールを装って、スマホの電源を切らせることに成功したのは、想定外のめっけものだった。途中で助けを呼ばれても厄介なので。

　小さなイエスを引き出すことで、大きなイエスに繋げるという、これも詐欺師の手法か？　ふん。まあ、ひょっとすると、詐欺師のほうがマシかもしれない。

　やっていることは、完全に未成年者略取である……、僕は大学生になっても、年下の少女を誘拐し続けるのだろうか。

　犯罪者気質が過ぎる。

　謝って許されることではない。

　とにもかくにも、アクセルを踏み込む。一刻も早く現場を離れるために……、交差点を右折したところで、バックミラーの反射を利用し、改めて後部座席の落葉ちゃんの風体を確認する。

　僕の在学中、二年生だったはずの彼女だが、正直言って、見覚えはないな……、日傘ちゃんとちゃんと知り合ったのは卒業後だし、やはり僕は神原以外の二年生を、ひとりも知らないのだ。

会ってみれば知り合いだった、はなかった。

こうして見る限り、普通に真面目そうな女子高生と言った感じだが……、元陸上部という印象が受け取れないのは、引退して長いからかな？　アスリートと言うには、やや華奢だ。宇宙飛行士がそうであるよう、ハードな受験生活で筋肉を落としたのだろうか。

「なんて言ってました？」

と。

黙りこくっていた落葉ちゃんが、ふいに、運転中の僕へと声を掛けてきた……、え？　情報屋がってこと？

「パパとママ。怒ってました？　私のこと」

「あー、いやー、心配していたよ。ほら、もうすぐ、受験なのに……」

「はは」

鼻で笑われた。嘲笑のように。

「受験ですか。大丈夫ですよ、受かるところを受けますから。背伸びせずに——阿良々木先輩とは違って、ね」

ほっとしたところにぶっ込んできたな。

ま、彼クンしかり、こちらがあちらを知らないからと言って、あちらがこちらを知らないとは限らないわけだ。信用を勝ち得たのはチャイルドシートではなく、僕の顔だったって？

「どこかの廊下ですれ違ったこと、あったっけな？」

「ないですよ。ただ、進路指導の先生からは、よくお名前を拝聴しますね——偏差値ゼロから難関大学に合格して見せた、伝説の受験生として」

僕が吹き出したくなるね。

嘲笑は嘲笑でも、自嘲のように。

直江津高校始まって以来の落ちこぼれだったり、伝説の吸血鬼ならぬ伝説の受験生だったり、噂の尾ひれが、留まるところを知らない。

偏差値ゼロって。

「『お前も見習え』って——私ごときに、そのレベルを求められましてもねえ。むしろ目を逸らしたい現実ですよ、私にとって阿良々木先輩は。大先輩は」

「――実物に会ってみれば、大したことないってわかっただろ?」

「どうでしょ。立派なお車を乗り回して、髪もヒッピーみたいに伸ばしたい放題で。大先輩は大学生になっても相変わらず自由にされているようで、憧れずにはいられません」

バックミラー越しに皮肉っぽく言う。

髪を伸ばしているのは、元々、吸血鬼の歯形を隠すためだったのだが、そんな言い訳が通じる局面ではなさそうだ――まして、親に買ってもらったクルマを、左ハンドルだから国内じゃドライビングが難しいんだよとアピールをしたところで、逆効果だろう。

進学校で落ちこぼれたという意味では、僕達はもっと、共感しあってもいいはずなのに、どうやら反感を買いまくっているようだ……、とは言え、それはこちらも大差ないか。

僕が彼女に会いに来たのは、純粋に落葉ちゃんのためとは言えない……、不純で、不粋だ。ひたぎのためであり、老倉のためであり、命日子のためであり、僕のためであり、彼女のためではない。

「で、怒ってました? パパとママ」

「…………」

別に嘘がバレたわけじゃないのかよ。

素直なお子さんと言うか、拍子抜けするな……、親に怒られることをすごく気にしているあたりも。こちとら、ドラマツルギーやエピソード、ギロチンカッターというような、吸血鬼ハンター達以来の対決くらいのつもりでいるのに。

違うのか。

むしろ扇ちゃんとの対決に近い。

表と裏――確かに、僕とこの子じゃ、同じ落ちぶれ属性でも、その時期が違う……、まあ、僕に言わせれば、志望校のランクを落としたくらいで落ちぶれたというのは大袈裟に聞こえるが、それこそ、僕に言われたくはないのだろうな。

「怒っていたらどうする？　謝るのかい？」

「謝りますよ、そりゃ。心配かけてごめんなさい。お父さん、お母さん、お馬鹿な娘でごめんなさいって」

そう言って、バックミラーの中で実際に頭を下げて実演してくれる落葉ちゃん——まさしく実演と言った感じで、頭を上げた彼女は、薄ら笑いを浮かべていた。

「阿良々木先輩、謝るのって得意です？」

「ん——親にってこと？　どうだろ」

言われてみれば、あんまり謝ったことないかも。

今は比較的良好な関係を維持しているけれど、高校時代は、かなり険悪だった自覚がある。今だって、家を出て、適度な距離を保っているだけかもしれない。

「親に限らず。先生でも友達でも彼女さんでも。もっと言えば、ただ謝るんじゃなくて、謝って、許してもらうのって得意です？」

「……苦手だな、どちらかと言えば」

許されないことばかりしてきたからって意味でもあるが、僕の場合、許されようとも思っていないことが多過ぎる。

今おこなっている未成年者略取もそうだし、あるいは、これから落葉ちゃんに、施そうとしている処置もそうだ——もちろん僕は、彼女を自宅まで送り届けるためにハンドルを握っているのではない。

向かっているのは違う場所だ。

僕にとっては馴染みの場所とも言える。

「私、得意なんです。許されるの。言い替えるなら、謝っている振りが」

「謝っている——振り？」

日傘ちゃんのバスケ部の後輩の話か？

体育会系の上下関係は、僕の理解を超えてくるが。

「土下座とかするのは素人ですよね、はっきり言って。逆に反感を買うだけで、パフォーマンスに徹する自分に酔っているって思われても仕方のない手法です」

参りましたを言うときは、ちゃんと参っている振りをするのがポイントですよ——と、薄ら笑いのままに言う落葉ちゃん。

「頭を下げることよりも、肩を落とすことのほうが重要です。伏し目がちに。目に涙を浮かべるまではいいけれど、本当に泣いたら、うざいって思われますね。プレッシャーをかけて許してもらおうなんてのはスマートじゃありません。後々に禍根を残しては無意味ですので。泣くのを我慢している感じがベストです——できるだけ声を低くして、そうですね、屈辱に耐えている感じで」

「……反省の色は見せなくていいの?」

この会話にどういう意味があるのかはわかりにくかったが、とりあえず乗っかってみることにした——攻略のヒントになると思ったわけじゃなくて、ただの興味だ。

あるいは、下拵え。

「あまり物わかりのいい風を装うのも逆効果ですよ。むしろ、内心、反省よりも反論したいのを、ぐっと堪えている雰囲気を醸し出したほうが、相手に『屈服させてやった感』を提供することができるかもしれませんね。力で、あるいは知恵で、理論立てて、正義で、対立する相手を降伏させる幸福。そんな性的興奮を与えてあげれば、怒りも冷めて、人は寛容になりますよ」

性的興奮とか、女子高生に、密閉空間の車内で言われるとどきっとするね——確かに、なんでも許してしまいそうになる。

「だけど、落葉ちゃん。それはやっぱり、謝ってるんじゃなくて、謝ってる振りでしかないんじゃない? バレたらもっと怒られるんじゃ……、だったら無骨に、無策で謝ったほうがよっぽどいいようにも思えるよ」

「誠意が通じれば、ですか？　でも、誠意みたいな、『自我』を持って謝られるのを、嫌う人も多いですからね——『自』とか『我』とかを擲って、言いなりになるのが謝罪の醍醐味です。慣れたら割と面白いですよ。それは置いておいて、謝る振りをしているからと言って、誠意が、それに謝意がないわけでもないんですよ、阿良々木先輩」

？　どういう意味だ？

本心があるなら、振りをしたり、装う必要はないように思えるが——怪異の王の王衣を拝借したのは、僕が怪異の王じゃないからであって。

「パパやママに、申し訳ないと思ってるのは本当ですもん。でも、申し訳ないと思っているからこそ、そんな気持ちを、一番コストパフォーマンスのいい形で伝えないと」

「……伝わらない謝意に意味はない？」

「ええ。伝わらない愛に意味がないように——パパはママにプロポーズをするときは、ロマンチックな夜景が見えるいいレストランを予約したり、シェイクスピアの詩を口ずさんだり、いろいろ策を弄したそうですよ？　同じです」

どんなに申し訳なく思っていても、その気持ちをそのままに、感情のままに吐き出してしまえば——吐き出されたほうは戸惑うしかないわけだ、命日子や僕のように。

相手の気持ちを無視した、形式にこだわらない型破りな謝罪なんて、ぶん殴っているのと大差ない——謝るときは申し訳なさそうな顔をしろ、か。

ためになるぜ。

「土下座はパフォーマンスだって言ってたけれど、じゃあ落葉ちゃん、あらゆる謝罪はパフォーマンスなのかな。マナーや儀式、しきたりを越えて、おもてなしのための」

「おもてなし。まさに——怒っている人には、笑顔になってほしいじゃないですか。そのための手は尽くさないと」

表もなければ裏もありませんよ。笑顔が表情なら、謝罪は裏事情。演技に熱が入るだけです、より一層。

そう言って、落葉ちゃんは再び、頭を下げた——肩を落として、震わせながら。

感心している場合じゃないが、マジでうまいな……、もしもひたぎや老倉にそれをされていたら、存外、すんなり鵜呑みにしてしまっていたかもしれないくらいだ。

ただそれは、裏を返せば——裏返せば、ひたぎや老倉、彼クンを始めとする、曲直瀬大学在学中の、直江津高校卒業生の謝罪攻勢は、必ずしも、落葉ちゃんの意図や企図に基づくものじゃないという意味でもある。

法に基づいていても、彼女に基づいてはいない。

紐付いてはいても、糸を引いてはいない。

彼クンのケースを取りあげると、もしも彼クンが落葉ちゃんの支配下選手だったならば、あんなボロボロの身なりでいきなり現れたりはせず、ぱりっとしたスーツでも着て、菓子折でも持って参上していただろう。それはそれで僕を戸惑わせたかもしれないが、少なくとも、僕に簡単に返り討ちにはされなかっただろう。

まあ……、そうじゃないかと思っていた。

でないと、あまりに意味不明だもんな。

とっくに許されたことを蒸し返すように謝らせたり、被害を訴えられていない加害を主張して謝らせたり……、建設的でもなければ生産性もない。落葉ちゃん自身の言葉を借りれば、そんな謝罪、誰に対するどんなおもてなしにもなっていない。

ありうることだ。

法学は僕の専攻じゃないけれど、法律の意図と、その解釈、または執行は、どんな場合も一致するわけじゃあない——悪法も法とは言ったものの、どんな法とて、結局は運用次第ではある。『悪い人はみんな死刑』という理想を胸に抱いて、人類を絶滅させてしまう法学者の存在は、決して思考実験の中だけのものではないだろう。

妖魔令。

法律が暴走している——暴走しているのは、落葉ちゃんの胸中か。

抑えきれない気持ちが——伝わってしまった。

謝れ。

「吊るし上げみたいな謝罪会見は、娯楽めいた公開処刑だって批難されますけれど、でも、そもそも処刑って、日本でも外国でも、広場でおこなわれる見世物だったわけじゃないですか。ショーですよ。ショーマンシップです」

ショーマンシップ。

僕はその言葉に、公衆の面前で謝罪してきた彼クンの姿を思い出す。

「もっと言えば、ショービズですかね。死刑制度は見せしめじゃなくて、見世物なんです。好きなんですよ、みんな。他人が謝っている姿を見るのが——特に、私みたいに、自分はできるに決まっていると、調子に乗ってた奴が謝る姿を見るのが。だったらせいぜい、ご満足いただけるように、平身低頭、謝ってあげないと。ああ、実際には平身低頭まではせず、いい案配で」

「……まだ諦めるのは早いんじゃないのか？」

僕は切り出した。

謝る側の視点を、扇ちゃんや、あるいは命日子や、忍や、日傘ちゃんや、八九寺と、さんざん議論をしてきたけれども、謝られる側の視点というのは、実のところ、新鮮でもあったし、もっと話し続けたい、彼女の哲学に触れ続けたい気持ちもあったけれど、残念ながら、もう目的地周辺である——ならば目的を果たす前に、僕は与えねばならない。

彼女にチャンスを。セカンドチャンスを。

「は？　諦めるって、何をですか？」

「志望校。変えるって言ってたけど——一月の頭なんて、僕は半分死んでたようなものだぜ。ああ、成績がって意味……、でも、そこからだって、巻き返せたし――」

「…………」

違うな、こうじゃない。

バックミラー越しに彼女の反応を見る限り。

明らかに気分を害している。さっきまで、ある種得意げに、謝罪の美学みたいなのを説いていたのに、今はただ、眉を顰めている。

「――なんなら、僕が付きっ切りで家庭教師をしてあげてもいいぜ。夜となく昼となく、二十四時間、手取り足取り」

日傘ちゃん相手に申し出たことではあったが、そのときも本気だった。

それは僕のしてもらったことであり、ゆえに、僕にできるマックスでもあった――最大限の譲歩とも言えるが、口にしながら、これもやっぱり、違うんだろうなという気がしたし、実際、それは誤答だった。

「――あの人達と同じことを言うんですね。なんかがっかり――もっと個性的なことを言うと思っていました、レジェンド阿良々木は」

薄ら笑いこそ消えたが、嘲る空気はそのままに、落葉ちゃんは言うのだった。

「諦めるな、頑張れ、努力しろ、自分にだってできたんだから、きみにもできるって――あの人達と寸分違わずまったく同じ」

「……あの人達って」

わかっていて訊く僕に、「あの人達はあの人達ですよ」と、受験生はかぶりを振る。

「オープンキャンパスで出会った、直江津高校の先輩方。知ってる人も、知らない人も、皆さんカラフルな経歴の持ち主で。十人十色に色とりどり。病気で苦しんでいたり、学校を一度ドロップアウトしていたり――」

「…………」

「でも、結局、言うことは一緒。諦めるな、頑張れ、努力しろ、自分にだってできたんだから、きみにもできる――違うんだよお、私が欲しい言葉は、そういうんじゃないって」

　私ならできるって、一番思っていたのは私なんだって――と落葉ちゃん。

「諦めなくて頑張って努力したから、こんなに苦しいんじゃん。こんなことなら最初からやらなきゃよかった――やらずに後悔するよりやって後悔するほうがいい、なんて、いいはずないじゃん！　だって後悔してんだよ⁉」

　にわかに、運転席に身を乗り出そうとした彼女だったが、その動きはシートベルトに制限された――口実でしかなかったが、きっちり締めてもらってよかったか。

　いや、その不安定さを思えば、むしろ落葉ちゃんを、僕はチャイルドシートに座らせるべきだったのかもしれない。それでも十分、僕の目的は果たせたのだから。

「応援しないでほしい。頑張らせないでほしい。努力させないでほしい。陸上部でも、私はそれで潰（つぶ）れたんです。周囲の期待に耐えきれなかった……、本番で、練習以上に走れたことなんて、一度もありません。それでも、走り込みで鍛えた根性が、受験勉強にも生きるはずだって思ったし、実際に成績も上がったけれど――期待していたよりもずっと早く、伸び止まりしました。わかります？　レジェンド阿良々木。自分で自分にがっかりするって感覚」

　しょっちゅうだよ、と返したが、聞こえてはいないようだった――今も僕は、自分にがっかりしている。

　悩める少女ひとり救えない。

　僕がしてもらえたようには。

「できなければできないほど、嫌がらせみたいに応援されて。まるで呪いですよ。いえ――命令ですかね」

「……じゃあ、落葉ちゃん。きみの欲しかった言葉は何？」

我ながら、八九寺どころではない誘導尋問のようだった。彼女から決定的な自白を引き出そうとしている……、こんな手法、警察官の両親が、さぞかしお嘆きになることだろう。

「欲しかった言葉ですか――そうですね、オープンキャンパスの間中、私は先輩方の話を拝聴しながら、ずっとこう思っていました。記念受験ならぬ、まだやる気はあるんだよって、親に言い訳するためだけの思い出OB訪問の最中、永久みたいに思っていました。諦めるなとか、頑張れとか、努力しろとか、そんな言葉はいらないから」

謝れ。

満たされていることを、楽しそうなことを、嬉しそうなことを、恵まれていることを、頂にいることを、豊かなことを、上から見ていることを、余裕があることを、偉そうなことを、小綺麗なことを、整っていることを、笑っていることを、スピード感があることを、繋がっていることを、はしゃいでいることを、肩を組んでいることを、お盛んなことを、ハイクラスなことを、心配いらないことを、悩みがないことを、優しいことを、選べることを、克服したことを、明日があることを、将来の夢があることを、不安がないことを、安心していることを、更生したことを、立ち直ったことを、友達がいることを、恋人がいることを、家族がいることを、男であることを、女であることを、充実していることを、意味があることを、目標を達成したことを、賢いことを、学があることを、前向きなことを、上向きなことを、真ん中にいることを、右肩上がりなことを、呼吸ができることを、おなかが空いていないことを、解決したことを、思い出があることを、晴れがましいことを、風が吹いていることを、風上にいることを、味わい深いことを、上がらない雨がないことを、夜空に星がきらめくことを、桜が咲くことを、ゴールしたことを、結果が伴ったことを、運がいいことを、勘が鋭いことを、可愛げがあることを、気遣いができることを、助けられていることを、出会えたことを、共に生きていることを、ひとりじゃないことを。

幸せそうなことを。

語れる物語があることを。

「私に謝れ」

落葉ちゃんは言った——法の執行者は命じた。

己の命を燃やすように。

「謝れ、

謝れ、

謝れ、謝れ」

さながら言葉で射るように。

滅多刺しにするように。

上洛落葉は六法全書のすべての項目を朗読するように——一言どころではない謝罪を要求した。

「——ごめん、落葉ちゃん」

そんな思い詰めた彼女に、僕は返事をする。ブレーキを踏みながら。

「僕は謝らない。謝れないことを、先に謝っておくよ」

「……？　どこですか、ここ？　私の家じゃ……」

要求しておきながら、二重否定のように撞着する僕の謝罪など、彼女はまるで聞いておらず、停車したクルマの窓の外の見覚えのない風景に、ただただ困惑しているようだった——信じられない危機感のなさだが、ようやく、夜道で声をかけてきたよく知らない男の自動車に、不用心にも乗り込んでしまった迂闊さに思い至ったらしい——残念ながら、もう手遅れだ。

結局、あの子とは表と裏と言うか——昨日、僕が扇ちゃんにやられたサプライズとかぶってしまったけれど、しかしその点、僕はあの裏側の演出力にはとても敵わず、サプライズと言うには、到着した目的地はあまりに殺風景だった。

言ってしまえば原っぱだ。草ぼうぼうの。

立ち入り禁止の看板がなくても、誰も踏み入らないような空き地である。

「——ここにはその昔、学習塾があったんだよ。不審火で燃えてしまって、今じゃ見る影もないけれど……、僕は、その塾で、いろんなことを学んだ」

まあ、燃え上がる以前から、僕が知った時点には、もうそこは、廃墟同然のビルディングだったわけだが、それでも学んだことに違いはない。

「だから……？　勉強なんて、教えてくれなくていいんですって、阿良々木先輩。私はあなたと違うんですから。私はあなたじゃないんですから」

「いいや、きみは僕だよ。きみも、僕の裏側だ」

だから——学ぶべきなんだ。きみは阿良々木暦を、反面教師に。

思い知れ。

「裏側？　ははっ、裏口入学でも勧めてくれるんですか？　やっといい話が聞け——」

「ボナペティ、プリンセス」

スペシャリテだ。

最低の調理法で、最悪の食材を——最悪の贖罪を。

僕の放った合言葉と共に、チャイルドシートが設置された助手席のシートの下から、金色の影が這い出して来る——その速度は、バックミラーには映らない。

　もっとも、彼女くらいになれば、鏡に映るも映らないも自在だが——特に、本気のときには、映らない。

　僕に食事シーンを見られることを嫌うように、あるいは久々にナイトウォーカーの本分を取り戻したかのように、金髪幼女は落葉ちゃんの、首は首でも、足首に牙を突き立てた。ボブカットの彼女なので、万が一、噛み痕が残ってもハイソックスで隠せるようにという配慮なのかもしれない——怪異の王も、えらく人間社会に馴染んだものだ。

　だが、配慮はしても容赦はしない。

　食らいついたら、吸い尽くす。

「きゃ——きゃあああああ⁉」

　女子高生は、夜這いをかけられたかのような悲鳴を上げたが、実際、夜が丸ごと這い寄ってきたようなものである——ドアは運転席からロックされ、身体もシートベルトで固定されていれば、逃げ場もない。

「ああああああああああああああああああああああああああああああああああ⁉」

　パニックのままに悲鳴を上げ続ける彼女。

　しかしなすすべなく、マゴットセラピーのように、体内の『よくないもの』を、血液と同時に吸い取られていく——『よくないもの』と言っても、それは彼女を構成する大切な一部分である。

　みるみる個性が抹消されていく。

　法体系が——改正されていく。

「あああああああああああああああ——ああああああああああ——あああああ——ああああああああああ——ああああああ——」

　がんがんと、スクールシューズの底で金髪を蹴るが、しかしそんな文字通りの悪あがきでは、幼女の食欲はびくともしない。幼女の貪欲は、踊り食いでもするように、いや増すばかりだ。

白状すれば、彼女を車内に連れ込んだ直後に、こうすることもできた――忍ほどのグルメになれば、逆に素材の味だけでも十分だ。昼間に大学構内で我慢させて、空腹という最高のソースも、たっぷりかかっていたことだし。

だけど、僕はこの場所を選んだ。

思っていた以上に荒れ放題で、ロマンチックな夜景を望むお洒落なレストランとは言えないけれど、僕にとって、やっぱりこの学習塾跡は、特別な場所なんだ。

記念のこの場所に、きみとご一緒したかった。

「ああああああああああ――あああ――あああああ――ああ――あ――あやまれ」

足下から存在を脅かされながら、それでもなおも、落葉ちゃんは繰り返す。呪うように。忌み嫌うように。全否定するように。追い縋るように。懇願するように。復讐を楽しむように。

「あやまれ、あやまれ、あやまれ、あやまれ、あやまれ、あやまれ、あやまれ、あやまれ、あやまれ、あやまれ――」

「――お前ら全員、道を誤れ」

やっと静かになったが、しかしながら、それでも僕の心は、ざわめき続けていた。

劣等感にまみれて生きてきた者として、正直、もっと落葉ちゃんの気持ちが理解できると思っていた……、直接的な接点はなくとも、先輩として、言ってあげられることがあるんじゃないかと思い上がっていた。

だけど駄目だった。

最後の最後まで共感できなかったし、最後の最後の最後まで、抱かれた以上の反感を抱いてしまっていた……、もしも僕が、まだ高校生で、彼女の同級生だったなら、こんな力ずくの処置じゃなく、もっとちゃんと、落葉ちゃんを救ってあげることができただろうか？

ひとりで、助けてあげられただろうか。

モラトリアムなぬるま湯に肩まで浸かった僕にはもう、高校生の気持ちが、抱える悩みや鬱屈が、わからなくなってしまったのかもしれない——いっそ頭まで浸かってしまえば、違うことも言えただろうに。

あんなに苦しんだはずの受験が、なんだかすっかり、いい思い出みたいになってしまっている。身を切るように切実な受験生の悩みを、小さな出来事みたいに、どうして感じてしまうんだ？　思うように成績が上がらないなんて苦悩、志望校を変更するなんて挫折、その年頃にはよくあることだとでも……？

上手になったから、下手が下手に見えるのか？

僕は今も、生きるのが誰よりも下手なはずなのに……、なんなら昔よりも更に、下手になっているはずなのに。

もっとも、それ以前に、こんなのは単なるノスタルジィでもある……、いい思い出どころか、思い出を美化しているだけだ。高校生の僕が、ひたぎや老倉や、あるいは神原や千石や八九寺に対して、そこまで力になっていたわけじゃない。

だから衰えたわけじゃない。

年相応に、成長していないだけだ。

進学はできても、進化はできない……、自分は自分だ。

法律は、僕が僕であることまでは変えられない。

四角四面な法律が記載された六法全書を、丸めて呑み込むような咀嚼音を背後に聞きながら、僕はナビに、日傘ちゃんから聞いていた落葉ちゃんの自宅の住所をぽちぽち入力する。

道を誤れ。

挫折した少女の悲嘆をぎゅっと濃縮したような、

そんな微笑ましい願いにさえ、今宵の僕は応じてあげることができないのだった。

030

「長い話になったわね。

「いろいろ説教めいたことも、釈明めいたことも言ったけれど、あれもこれも、それもどれも、すべて昔の話でしかないのよ——謝るのが嫌いで、人に頭を下げることを屈辱的に感じていた私なんて、実のところ、もういない。

「妖魔令だっけ？

「たとえそんな怪異がいてもいなくても、いつかは私は、暦に謝っていたんだと思うわよ——怪異現象は所詮はきっかけに過ぎなかったっていう、その程度のことじゃない？

「病弱だったロリ時代の私も、陸上部で幅を利かせていた中学時代の私も、深窓の令嬢だった高校一・二年生の私も、更生した高校三年生の私も、結局は私でしかないのだから。

「私が私であることは変えられない。

「大学生になった今の私なら、蟹さんではなく、お母さんに謝れるのかもしれないとさえ思うけれど、そんな感傷を、四年後、社会人になった私は、きっと恥ずかしく思い、のたうち回って、なかったことにしたがるのかもしれないわ。

「そういう黒歴史みたいな話は、仲良しの斧乃木余接さんとやらとするんだっけ？

「それとも——表裏一体の忍野扇さんかしら。

「黒ではなく、闇ならば。

「では、くだらない別れ話はこれでしゃんしゃんとおしまいということで——てきぱきと、次の議題に移りましょうか。

「こっちのほうが、私には本題だもの。

「暦が育ちゃんのお隣に引っ越したってエピソード、私、聞いてなかったと思うんだけど……、私でよかったら、話、聞くわよ？」

031

「如何(いかが)でしたか？　阿良々木先輩。エピローグと言いますか、今回のオチは。僕でよかったら、お話、お伺いしますよ」

　翌日、二日連続で実家で一泊し、早朝から大学に通うために自動車を走らせ始めた僕に、背後からぬるりと声がかかった——バックミラー越しに確認すると、昨夜、落葉ちゃんが座っていたその席に、言われるまでもなくシートベルトを締めて座っていたのは、学ランの男子、忍野扇である。

　ラストに扇ちゃんが出てくると、本格的にバッドエンドって感じだな——夜明けなのに明るい兆(きざ)しがまるで見えない、ハイビームで照らしたいくらいのお先真っ暗だ。

　オチと言われても、おちおち感慨にも耽けれないぜ。

　いつどうやって乗ったんだよ。

　まさか車上に、ＢＭＸを積んでいるんじゃないだろうな。そこはサーフボードを積む場所だぞ。

「楽勝だったでしょう？　大学に入学なさって人間的に成長した阿良々木先輩にとって、たかが一般の女子高生ごとき。一般入試の女子高生ごとき」

「……冗談はよし子さんだぜ」

　挑発するように言われても、乗ってあげる気にもなれない——一晩たっても、まだ疲労がぜんぜん抜けていない。成長と言うなら、一晩で三百歳くらい、甲羅を重ねた気分だ。

「舐めていたつもりはないが、相当冷や冷やした。あとで聞いた話じゃ、大飯喰(おおめしぐ)らいのあの忍が、食べあぐねるほどの怨念(おんねん)だったたって言うからな」

ブランクがあったとは言え。

やはり僕にとって苦手な怪異は、忍にとっても苦手分野だった……、いや、そういうシンプルな問題でもない。

こんな解決しか迎えられなかった自分にほとほとうんざりしているだけのことだ――もっと他のオチがあったんじゃないかと、どうしても考え続けてしまう。

「はっはー。ベストじゃなくて、ベターな解決だったというわけですか」

「と言うより、ワーストを避けたワーストって感じだよ。冗談じゃないくらいの悪し子さんだ――誰かを救えたとはとても言えないけれど、最悪だけはなんとか回避した」

それは昨夜のうちに確認した。

実家から連絡を取って見ると、ひたぎにせよ老倉にせよ、先日の騒動を、まるで覚えていないかのようだった――否、そう言うとあたかもブラック羽川のごとく、記憶が封印されたような言い分になってしまうが、決してそういうわけでもなく、一応（不毛な）やり取りがあったこと自体は覚えていても、それがまるで、ほんの、取るに足りない出来事だったかのような態度だった。よくそんなどうでもいい雑談を細かく覚えているな、みたいな。

それこそ、なんだか。

済んだことを、今更何を蒸し返しているんだ――とでも、言わんばかりに。

もういいでしょ、そのことは。それよりも。

「命日子と彼クンのことも、大学に着いたら探りを入れてみるつもりだけど……、たぶん、この感触だと、妖魔令の影響下にあった直江津高校の卒業生達は全員、そんな調子なんだと思うよ」

「結構。謝罪の本来の役割じゃないですか。もういいにしちゃうっていうのは」

「……ためになる話だよ」

あるいは、駄目になる話である。

老倉なんて、僕に頭を下げたなんて行為、正気に戻ればとんでもない自傷行為に走るんじゃないかと危惧していたけれど、ぜんぜん、そんな様子はなかった——大した用もないのに電話をかけてくるなと逆ギレされた。

　ひたぎとの別れ話も有耶無耶になった。

「どいつもこいつも、まるで『あれは粛々と法律に従っただけ』とでも言わんばかりの自覚のなさだぜ。あのときの法律に。話せば話すほどに嚙み合わない。それは、落葉ちゃんも同様だけど——」

　法の執行者であったはずの彼女だって、何もオープンキャンパスで出会った先輩達の人生を狂わせてやれと、悪意に満ちていたわけじゃない。憎しみに満ちていて、劣等感に満ちていて、怒りに満ちていたけれど、悪意に満ちていたわけじゃない。

　むしろ空虚だった。

　無意識で、無自覚で、そして無責任だった。

　念じただけだ……、怨念で。

　あるいは、観念で。

「法律用語で言うなら、善意の第三者って奴か——正直、今でも怖いよ。震えるくらいに。あんな『普通そうな子』が、戦場ヶ原ひたぎや老倉育っていう、僕の人生の中でもぶっ千切りクラスの『特別な人間』に対して、あそこまでの影響力を持つなんて——世間は広いぜ」

　地元に帰ってきて言う台詞でもないが。

　さっき思わず名前を挙げてしまったが、及ぼした『被害』としては、ゴールデンウイークのブラック羽川級だったんじゃないのか？　ほぼ同じ対処をするしかなかった点といい……。

「見る目のない僕にはわからなかっただけで、落葉ちゃんって、羽川クラスの女子高生だったのかな。現代の受験制度じゃ発掘できない特別な才能って奴で——」

「誰もが誰かにとって特別な人間なんだという考えかたは僕も好きですけれど、逆かも知れませんよ、阿良々木先輩」

　逆じゃなくて裏ですか？

　と、扇ちゃんはにやにやする。

「即ち、特別な人間は、普通の人間によって引きずり下ろされる——どんな偉人も、大衆の評判や民意の圧力の前には、無力なものじゃないですか。人気者は人気に左右され、独裁者は時代の風に風刺される。六法全書なんて罠だらけじゃないですか、こんな失敗をしろ、謝らせてやるというような願いに満ちていますよ。阿良々木先輩にとっての特別である老倉先輩が一年三組で、委員長の座から引きずり下ろされ、不登校に追い込まれたのは、普通のクラスメイト達の総意によるものでしょう？」

「…………」

「仮に上洛落葉が『どこにでもいる普通の女子高生』だったとして、それって暗殺者とかよりよっぽど怖くないです？　『どこにでもいる』——まるで妖怪変化ですよ」

　確かに、彼女のような人間は、きっとどこにでもいる……、高校にも、大学にも、社会にも、家庭にも、在野にも、草の根にも、草葉の陰にも、どこにでも。

　まるで無関係な相手に、あのレベルの恨みをぶつけられる人間が——他人事みたいに言っているが、『どこにでもいる普通の男子高校生』だった僕にだって、そういう要素はあった。

　落ちこぼれてからは、そうでない優等生達を、勉強ばっかりしているいけ好かないエリートだと勝手に決めつけていた……、そりゃあ一年三組のトラウマとか、そういうのもあったけれど、でもどうしてあの頃の僕は、あんなに刺々しくも、彼ら彼女らを睨んでいたのだろう？

　疎外されていると思っていたが、その実、僕は仲間であるはずの、僕の同級生にだって少なからずいたはずの、上洛落葉のような生徒に目を向けることなく、ただただひとり、コンプレックスを肥大化させていた。

自分を『ひとり』だと思い込み、みんなを『みんな』だと思い込んだ。

もしも地獄や悪夢を経験していなかったとしても——僕は吸血鬼よりも妖怪じみた思想で、進学校のエリートに、ぶーぶー文句を言い続けていたのではないだろうか。

上洛落葉は、代表者でさえない。

怒れる大衆の、たったひとりだ。

「吸血鬼さえ敵じゃない、か……。まさしくだったな。日傘ちゃんや、女子バスケットボール部の後輩達と絡んだときにも思い知らされていたけれど、僕が気付いていなかっただけで、学校ってのは、つくづくいろんな人間がいるもんだ」

「そしていろんな怪異もいます——学校の怪談は、たったの七不思議では済まないのですよ。人の数だけ不思議はある。地球の七十七億不思議です」

人間が試されましたね、と扇ちゃん。

昨夜の痺れる対決を、そんな簡単にまとめてほしくはないのだが——⑤試し行動、だっけ。

「五つ目の仮説も八九寺から聞いたけど、結局、正解は④命令系統でよかったってことかな？」

「どうでしょう。阿良々木先輩にとっては、それでよかったんじゃないですか？」

なんだよ。含みを持たせてくるな。

「そもそも扇ちゃんは、この④を強くは推してなかったよね」

「いえいえ、心から推してなかったのであれば、口にすらしませんとも。そうじゃない可能性も十分あったという、僕の十八番の相対化ですよ。十八番と言いますか、十三番ですかね——戦場ヶ原先輩や老倉先輩が謝ってくるはずがないと阿良々木先輩は決めつけていましたが、あの特別な人達もまた、どこにでもいる人間のひとりだということをお忘れなく。此度の騒動を怪異のせいにできたことは、むしろラッキーでしょう」

地獄でも悪夢でもないこの程度のトラブルは、これからの人生でいくらでも起こると言いたげである――それこそ、試すような物言いだ。

「はっはー。僕に言わせれば、阿良々木先輩のやったことこそ⑤試し行動ですよ。謝ってくる相手に対して、『でも、そんなに悪いって思ってないよね？』とか、『みんなやってることなのに、こんな昔のことで、どうして自分だけ怒られるんだって思ってるでしょ？』『なんで怒っているかわかる？　何が悪かったか言ってみて？』とか、迂闊な失言を引き出そうとしていたようなものです」

　そこまで言われると、言葉もないね。

　お詫びの言葉もございません。

「ミスをしたのを怒っているんじゃない、ミスを隠そうとしたことを怒っているんだ……、なんてよく言いますけれど、戦場ヶ原先輩と老倉先輩の件に関しては、今回、阿良々木先輩は隠蔽工作に成功したようなものですよ……、罪をかぶったとは言いませんが、泥をかぶって、頬被りをした。ひょっとしたら、ご友人もね。男女間のトラブルを、上首尾に、怪異のせいにしたのです。犯人探しに成功したという意味では、ミステリー小説の大団円でした」

「…………」

「意地悪言っちゃいましたかね。でしたら心から謝罪します。ご安心ください、どうせ阿良々木先輩のことだから、上洛落葉のこれからを憂え、これからも足繁く地元に通うつもりかもしれませんが、大学生が女子高生に対して、仲介なしでそれをやったら、ほとんど犯罪ですからね。ここより先は、僕にお任せください」

「ん……」

　その突き放したような申し出に、僕は肩叩きをされたような気持ちになった――確かに僕は、落葉ちゃんのことを、これでおしまいにするつもりはなかった。

　悪法を改正し、悪法を撤廃したところで、鬱屈が溜まれば、また似たような法律が発令されるだけである——ストレスをおいしくいただかれたところで、ブラック羽川が消え去りはしなかったように。次のターゲットは曲直瀬大学に通う直江津高校の関係者ではあるまいが、だからと言って、あのレベルの災厄を放置はできない。

　家庭教師なんてどう考えても不向きだし、実際にはそういう形では力にはなれないだろうけれど、それでも、先輩として、人間として、できることはあるはずだ——たとえ共感できなくても、共にあることはできる。

「だからできないんですって。それをやったら犯罪になるんですってば——僕こそ恐れおののきましたよ。阿良々木先輩が上洛先輩を、この車中に監禁なさったと聞いたときには」

「僕が卒業間際にされたことだけれどな。車中に閉じ込め、シートベルトで拘束され、連れ回されるってのは」

　その件の謝罪も、有耶無耶になった。

　ただ、互いに高校生だったから、有耶無耶にできたことでもある。

「女子を後部座席に乗せるのは僕の伝統だが……、二人乗りの伝統を、だからって扇ちゃんに任せるなんて——僕を後部座席に乗せたのは、引き継ぎの儀式だったとでも言うのかよ？　あんなに忙しぶってた癖に。何を企(たくら)んでる？」

「おやおや、ご挨拶ですね。昔から、阿良々木先輩にできないことをするのが、表裏一体たる僕の役割でしょうに」

「……そんなこと、頼んだ覚えはないぜ」

「頼ってくださいよ、そう言わず。何、憧れの神原先輩も、もうすぐ卒業というゴールが見えてきましたし、僕もこれからの身の振りかたを考えねばならない頃合いだったのですよ——進路を定めねば。ほら、頼んだ覚えはないと仰いますが、先日、日傘先輩に取り憑いてやってくれと仰っていたじゃないですか」

「それは言ったけど……、捉まえてくるじゃねえか、言葉尻を」

「阿良々木先輩の尻について回るのも、阿良々木先輩の尻拭いも、これが最後です。最上級生になる以上、それなりに自覚を持たないと……、いつまでも無自覚ではいられませんよ。阿良々木先輩を見習って、阿良々木先輩以上に、日傘先輩に限らず……、直江津高校の全校生徒を、ね」

「全校生徒」

「阿良々木先輩の目が行き届かなかった生徒達も。いやはや、思えばご心配をおかけしたものです。今まで生意気言って、ごめんなさいでした」

かけられたのは迷惑だったと思うが、扇ちゃんはわざとらしく頭を下げる。こんなに謝意のない謝罪も珍しい——それゆえに、パフォーマンスだとは思えなかった。

「人はひとりで勝手に助かるだけ——確かに、叔父さんの言う通り、落ちこぼれを救うことはできないのかも。でも、零れ落ちた生徒を掬うことくらいは、できると思います。どこにでもいる女子高生の心の闇に寄り添うのは、どこにでも生じる暗闇に、お似合いの仕事だと思いませんか？」

仕事じゃなくてそれは趣味だよと、失笑しながら、どんな顔をしてそんな台詞を言っているのかこの目で見たくて、信号待ちの際に後方確認がてら振り返って見ると——締まったシートベルトをそのままに、闇は姿を消していた、忽然と。

驚き、バックミラーに視線を戻しても、同じだった。まるで最初からいなかったように、またはタクシーの怪談のように、忍野扇は僕の前から——僕の後ろから姿を消した。それとも、会話をしているつもりでいて、最初からいなかったのか。

鏡に映らないときは本気——か。

思いついてナビの画面を確認すれば、現在位置は、ちょうど隣町に入るエリアだった——別に扇ちゃんは、町を司る神様ってわけでもあるまいに。あるいは、忍野忍が僕の影に縛られることを選んだように――忍野扇は、直江津高校に縛られることを選んだのだろうか。

それができなくなった僕の代わりに。

少年少女に寄り添うことを選んだのか。

心の闇を照らす、暗闇になることを――だとすれば。

「きみとはいつまでも表裏一体だって信じていたのに――なんとも心寂しい裏切りだぜ」

そんな切ない思いを振り払うように、僕は母校の後輩達に向けて、「お気の毒さま」と、頼まれもしないのに口遊むのだった……、でも大丈夫、何も心配はいらない。

時には嫌がらせみたいにつきまとうけれど。

暗闇は愛情の裏返しだから。

第七話　おうぎフライト

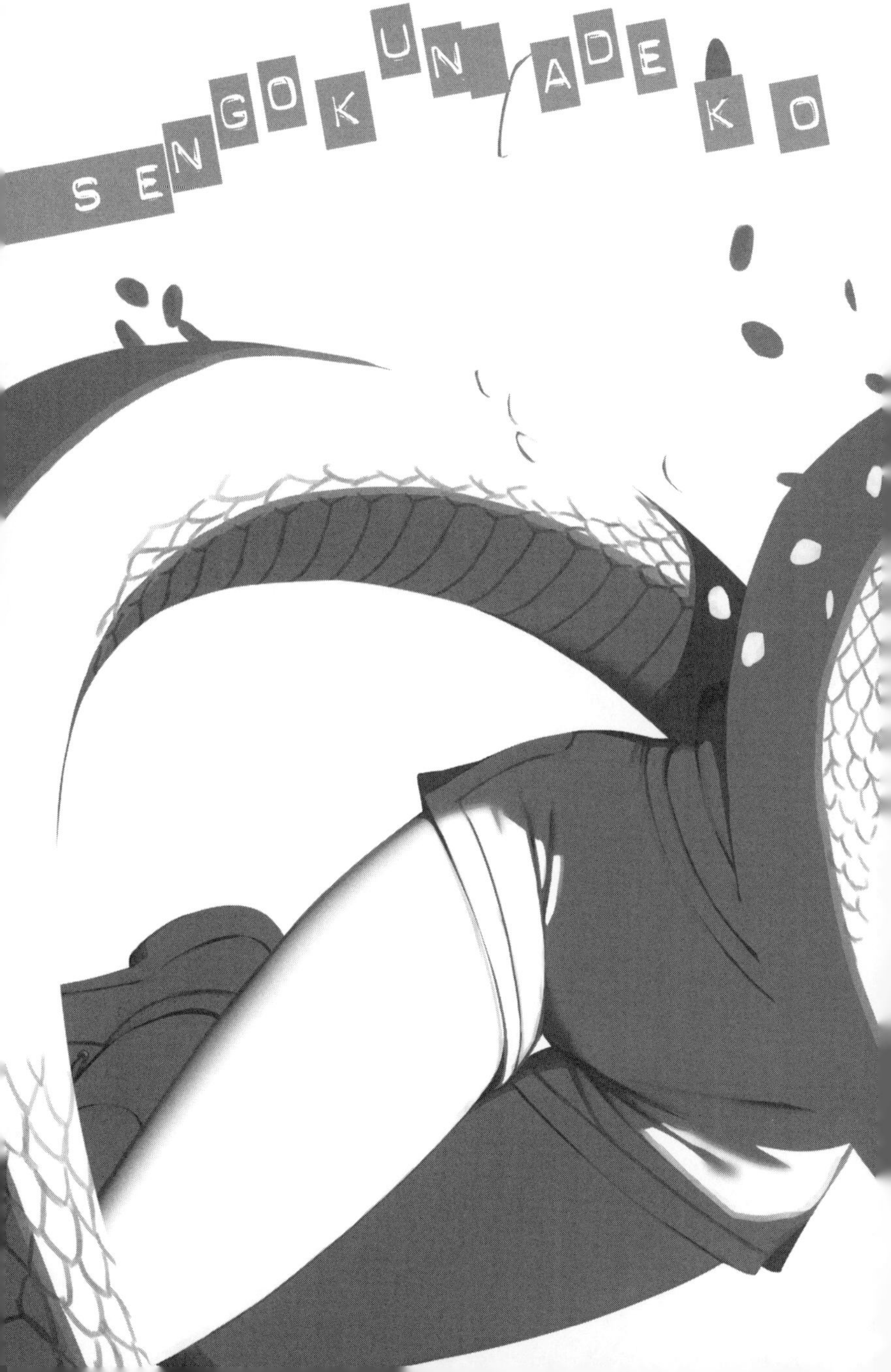

SENGOKU NADEKO

001

洗人迂路子について、表向き、判明していることはほとんどありません。これは、単に私が無知蒙昧の輩だからということではなく、ほとんどの人にとって、彼女は正体不明の岐路亡羊であるらしいのです。彼女かどうかと言ったところからさえ、岐路亡羊です。

いわく、蛇遣い。

いわく、欲望渦巻く蜷局。

いわく、五つの頭を持つ大蛇。

かすかにある情報と言えば、そんな、どこまで鵜呑みに――どこまで丸呑みにしていいのかわからない、真偽の怪しい噂話ばかりです。

ひとたび実体をつかんだと思えば、鰻のようにぬるりと滑り、手の内に残るのは脱皮後のかさかさな皮だけ――答もなければ手応えもありません。残るのは、肌に残る鱗の痕や、毒のある牙の、歯形ばかりなり。這うように探したところで、迂路子は槌子よりも藪の中。手がかりも足がかりもなく、頭を隠して尻尾も出さない、徹頭徹尾な蛇頭蛇尾。

それでも私達は発見せねばなりません。

蛇の巣ならぬ蛇の総本山を。

蛇の道とも言えない彼女の非道を、知っていながら知らぬ顔の半兵衛を決め込むことは、謝って謝り切れるものではありませんし――およそ許されることではありません。

002

「一番最初にお見舞いに来てくれるお友達は誰だろ

うって、ずっと考えていたの——まさかそれがあんたとはね、可愛い可愛い撫子ちゃん」

我ながら、人望のなさに失望するわ。

と、出し抜けにそんなことをいう病床の哭奈ちゃんは、穴だらけでした。

穴だらけというのは、言っていることが支離滅裂に破綻していることを意味する比喩ではなく、見たまんまの表現です——哭奈ちゃんの顔も、首も、鎖骨も、胸元も、腕も手も指も、ぼこぼこに穴が空いていました。

向こう側が見通せる、貫通した穴がアトランダムに、びっしりと——集合体恐怖症の人が見たら、卒倒しそうな有様です。

哭奈ちゃんに穴が空いていると言うより、穴の隙間を縫うように哭奈ちゃんがいるようです。

見えませんが、着用している患者衣の下の胴体や、ベッドにかけられた掛布団の下の足下も同様であることに疑いはありません——よく見れば、薄手の布団のあちこちが、その形状に、くぼんでいるようにも見えます。

あえて比喩的に、それも不謹慎にたとえれば、彼女の身体は、軽量化されたミニ四駆のボディのごとくでした——かつて蟹に挟まれた頃の戦場ヶ原さんではありませんが、体重はかなり軽くなっているのではないでしょうか？

むろん、実在する穴ではないでしょう。

実在する穴という表現は、比喩としても矛盾していますが（忍ちゃんが愛するドーナツを思わせますね。『穴を残してドーナツを食べよ』）、この数の貫通穴に全身を覆われて、生存することは人間にはできません……、貫通穴が半分でも、四分の一でも無理でしょう。

場所によってはひとつでも無理です。

だって、たとえば目玉の部分に穴があいて、背後の壁が見えているんですよ？　首なんて、首の皮一枚も残っていないくらいに穴だらけです——巨大なパンチで全身のあちこちをくり抜いた、パンチの効いた感じ、と言えば、私の拙い描写力でも伝わるでしょうか。

　言語表現は苦手なのです。口下手時代が長かったもので。

　その流れでひとつ、前言を訂正させていただきますと、哭奈ちゃんの全身を覆う穴は、よく見れば、完全にアトランダムというわけではなさそうです――位置はほうぼうに散らばっているようでいて、必ず、ふたつの穴が等距離で、ワンセットになっているのです。

　ふたつの穴。

　何かを思い出しますね？

　そう、あの人の首筋の、吸血鬼の噛み痕さながら――しかし、この場合は、鬼の牙ではなく、蛇の牙です。

　巨大な牙を持つ巨大な蛇に、あちこちをやたらめったらに噛まれまくったら……、人間の肉体は、こんな風になるでしょう。こんな風穴になるでしょう。もっとも、それ以前に、普通は落命するでしょうが……。

　穴に命を落とします。

　かつて私が蛇に呪われたときには、全身が隈無く鱗痕に覆われることになりましたが――私を呪った哭奈ちゃん、私のお友達の遠吠哭奈ちゃんの現状は、こんな感じですか。

　人を呪わば穴ふたつ、とは、よく言ったものですね。

　その実態は、実体のない穴は、ふたつどころではありませんが……、ふたつ一組と数えても、最低でも、百噛みくらいはされているのではないでしょうか？

　つまり、人を呪わば穴二百。

「なに突っ立ってんのよ、撫子ちゃん。座りなよ……、顔を見に来ただけってわけじゃないんでしょ？」

突っ慳貪な態度ですが、哭奈ちゃんは椅子を勧めてくれました……、これで油断してはいけません。哭奈ちゃんは、人に椅子を勧めておいて、座ろうとしたらその椅子をくいっと引いちゃうタイプのお友達でした。

顔を見に来ただけでは、確かにありませんが……、穴に覆われて、その半分も見られたとは言えませんしね。

「身体……、大丈夫？」

私は慎重に、パイプ椅子の座面を両手でがっちりホールドしてから座りつつ、そんなことを訊きました……、長期の入院患者に、あまりしていい質問ではありませんけれど、予想を遥かに凌駕するその穴だらけっぷりを見れば、訊かずにはいられませんでした。

「あら、意外ね。撫子ちゃんがあたしの心配をしてくれるなんて――てっきり復讐に来たんだと思ってたわ」

いささか自嘲気味に笑いつつ、しかし刺々しいことを言ってくる様子は、なるほど、かつての彼女を思わせる性格でしたが、

「ぜんぜん平気よ。平気で元気よ。別に、怪我をして入院しているわけじゃないんだから。なんかちょっと、調子が悪いだけよ。ぼーっとする、白昼夢みたいな時間が、長くなっちゃって……、念のために入院、してるだけなんだもの」

という返答を、だからと言って受け入れるわけにはいきません――白昼夢ですか。

白蛇のような白昼夢……、少なくとも、自覚症状はないようですね。

怪我どころじゃないのに。

「あれ――髪切った？　撫子ちゃん」

今更、気付いたようにいう哭奈ちゃん。

一年前なら、皮肉やマウンティングで、『興味がないから、遅ればせながらやっと気付いた』風を装うのも彼女らしさなのですけれど、このたびはそう

じゃなさそうです。

前髪で顔を隠せるくらいまで伸ばしていたヘアスタイルから、現在のベリーショートになった千石撫子の変化が、これくらい接近しないとわからないのも無理はありません――彼女の目は、現在、節穴になっているのですから。

節穴というか、風穴と言うか、蛇穴ですか。

見えているのも驚きですよ。

「うん……、いろいろあって」

「へえ……、いいじゃん、それ」

おや。

ぶっきらぼうにですが、まさか哭奈ちゃんからお誉めの言葉をいただけるとは……、髪を切った友達に対しては、ほぼ必ず『前のほうがよかったのに』と言うのが定番の女王さまとは思えない振る舞いです。

病院という環境がそう感じさせるのかもしれませんけれど……、穴だらけの全身を差し引いても、どこか力ない様子です。

哭奈ちゃんと言えば、入院していようとどうしようと、ばっちりスタイリングしているイメージでしたが……、ぼっさぼっさで、毛先も揃えている気配がありませんね。

枝毛まみれです。

たとえ、かなり格下に見ていた私が相手だろうと、見栄を張ることを忘れないキャラクターだったのに、瘦羸してサイズの合っていない患者衣を、まるで着崩したみたいなままで入室を許すなんて……、学校ジャージでお見舞いに来た私が言うのもなんですけれど、分厚いマントを羽織って、王錫を持っていてもおかしくはありませんのに――冒頭の台詞が思い出されます。

お見舞いに来るお友達が、私が最初。

タイミングを考慮すれば、哭奈ちゃんが入院したのは、去年の六月か、その近辺だと思うのですが……、以来、一度も、誰も？

あれだけ取り巻き、もとい、お友達に囲繞されていた哭奈ちゃんなのに？

「よく見せてよ……、髪」

そう言って、手招きする哭奈ちゃん。

この距離でそんなことを言うなんて、やはり、目がよく見えていないのでしょうか……、そう思いつつ、私は椅子を引きずるように、十センチほど、ベッドに近付きます。

哭奈ちゃんは、じっと、目を凝らすようにしました――そんなにベリーショートが珍しいのでしょうか。

そう思いましたが、どうやら哭奈ちゃんが見ているのは、髪ではなく、私の存在しない前髪ではなく、髪を切ったことではっきり晒された、私の顔面のようでした。

「本当――いいわ。いい。目の保養になる」

哭奈ちゃんは、ぶつぶつと独白のように言います――実際、それは独り言なのでしょう。私に言っているのではありません。

「いい。いい。いい――可愛い」

「…………」

「うっとりしちゃうわ。誇らしく思う」

あんたはあたしの自慢のお友達よ――と、哭奈ちゃんは、うっとりと言うよりは、ぼんやりとした様子のまま、呟き続けます。

「それに比べてあたしときたら」

言って、べたべたと、哭奈ちゃんは自分の顔を両手で触り始めました――穴だらけの顔を。指先がすっぽり穴に入ってしまうんじゃないかと、見ていてどきどきします。

そんな乱暴に扱ったら……。

「こんなすっぴんで撫子ちゃんをお迎えするなんて、恥ずかしいわ――学校じゃああれだけ、撫子ちゃんと比べられても大丈夫なように、頑張ってお洒落していたっていうのにね。撫子ちゃんが隣にいないと、やっぱ駄目だわ、あたし――一気に気が抜けて、こんな有様よ」

こんな有様、というのは、穴だらけのことを言っているのではないのでしょう——しかし、ぼさぼさの髪や、着崩した患者衣が、まるで私が隣にいないからだというような物言いには、虚を突かれる思いでした。

憔悴(しょうすい)した様子からの、弱気な発言と受け取るべきなのか——それとも、穴から漏れ出た、彼女の本音なのか。

リコーダーみたい。

そんな私の揺れ動く心情を取り違えたのか、

「ざまあみろって思ってる？　撫子ちゃん」

と、哭奈ちゃん。

「それとも単に笑える？　あんたをいじめてたあたしが、今やこんなうらぶれてるだなんて。竹馬の友だと思っていた、あれだけ恋バナで盛り上がっていたクラスメイトが、今はあたしの悪口で盛り上がっているなんて」

いじめられてたんですね、私。やっぱり。

認めたくなくて、気付かないふりをしてましたけれど……、ただし、それを聞いても、ざまあみろとは思わないし、思えませんね。

正直、哭奈ちゃんが入院していると聞いたときには、もしかするとそんな気持ちになるかなという、期待めいた予想もなかったとは言えませんが、実際に穴だらけの哭奈ちゃんを見たら、そんな淡い気持ちは、消えてなくなりました。

雲散霧消で、ドン引きです。

ここまでの苛烈(かれつ)な罰を、天罰にしろ神罰にしろ、期待も予想もしていませんでした……、はっきり言って、これに比べれば、私が受けた呪いなんて、まだ初心者向けでした。

こんなハイレベルがあろうとは。

「ち、竹馬の友が悪口で盛り上がってるとは……、限らないじゃない？　ほら、みんなで千羽鶴(せんばづる)を折るのに時間が掛かってるだけかも……」

咄嗟に、お馬鹿なフォローをした私でしたが、

「SNSをフォローしてるもの。裏でも表でも、言いたい放題よ、あの子達」

哭奈ちゃんは、もっとお馬鹿なフォローをしていました……、絶対見ちゃ駄目ですよ、そんなアカウント。

逆に言うと、哭奈ちゃんの竹馬の友の皆さんは、もう見られても構わないという気持ちで、公衆の面前で口々に悪口を交わしているということになります……、かつての女帝の権力を、ないがしろにすること甚だしいです。

それはそれで牙を剝いたということなのでしょう。

胸の空く話ではありませんね。

哭奈ちゃんの胸は、空きまくってますが。

「もっとも、最近じゃあたしの悪口も、ぜんぜん呟かれなくなったわ……、クラスのみんなに忘れられちゃったみたいね。最初からいなかったことにされたのかしら」

そもそも、クラス替えがおこなわれました。

その辺、もしかすると哭奈ちゃんは、ぴんと来ていないのかもしれません……、同じ病室でずっと過ごしていて、時間の感覚が失われているのかも……。およそ一年ぶりに会う私に、『久し振り』とも言いませんでしたしね。

夏休み明けくらいのニュアンスです。

連休明けかも。

「話を逸らしてんじゃないわよ。本当はざまあみろって思ってるんでしょ？　怒らないから言ってみてよ。言ったら楽になるかもしれないわよ？　ほらほら、逆に、言わないと怒るかもしれない、こんなぴりぴりした時間が続くほうがしんどくない？　すっきりしましょうよ。試しに言ったら、撫子ちゃん自身、そうだったんだって自覚できるかもしれないじゃない」

自白を引き出そうと、詰めてきますねえ……、うーん。

ざまあみろとは思っていないのは本当に本当なのですが、しかし誤解を恐れずにあえて言うなら、がっかりはしたかもしれません。

　本人の言葉を借りるなら、失望と言いますか。

　哭奈ちゃんなんてもっと穴だらけになっていればよかったのに！　という意味では、もちろんなくて……、私の知る哭奈ちゃんだったら、こんな苦境においても、格好をつけると言うか……、凛(りん)とした格好いいところを見せてくれるんじゃないかと、それこそ期待していた部分が、どうやら私の中にあったようです。

　蛇の呪いなんて、ものともしない強さを見せてくれるんじゃないかって……、らしさの名残(なごり)だったり、見え見えの見栄だったり、劣勢の虚勢だったりじゃなくて。

　無茶を言っているのは承知の上です。

（自覚症状はないとは言え）全身を穴だらけにされて、なお元気溌剌(はつらつ)っていうのは、むしろ怖いですからね——でも、私が通学していた頃、哭奈ちゃんから感じていたのは、並み一通りではない、まさしくそういう怖さでした。

　頑丈で、揺るぎなく、崩れない。

　逆(さか)らう者は友達でも仲良しでも容赦しない。

　ざまあみろと言うならば、正直、見たくなかったですね、女王さまのこんなざまは。彼女にされたことを思うと、同情するいわれはないのですけれど、私のほうがみじめな気持ちになります。

　こうして弱っている姿を見ると、この子の何が怖かったんだろうという気にさえ——なんて、こんな風に竹馬の友の皆さんも、手のひらを返したのでしょうか？

「ときに、撫子ちゃんも今、学校行ってないんだって？　入院しているわけでもないのに？　それってやっぱり、あたしのせい？」

　おっと、さすがつぶさな情報収集を怠っていないだけあってお詳しいですね、女王さま。私ごときの不登校事情までお聞き及びとは、お耳汚しを致しました。

「んー、それは違う――かな」

「何よ。あたしなんか関係ないって言うの？」

女王さまが気分を害したようです。難しいおかたです。難しいと言うか、むずかると言うか……、でも、違うのは事実です。

私の不登校は、完全に私が原因であり、元凶であり……、哭奈ちゃんも、元を辿(たど)れば遠因ではあるかもしれませんけれど、仮に私自身が蛇に呪われていなくても、その年末には、どうせ似たようなことになっていた公算はかなり高いですよね。

最悪、今、ベッドの上で穴だらけになっているのは、私だったかも……、その意味じゃ、哭奈ちゃんをざまあみろと思うのは、かなりのお門違いですよね。

同じ穴の狢(むじな)……、ならぬ、蛇です。

類は友を呼ぶんだか、蛇を呼ぶんだか。

「関係ないとは言えないけれど、関係は壊れちゃったよね、私達」

「あら。撫子ちゃん、自分のこと、『撫子』っていうの、やめたの？ あんなに可愛かったのに。きゃぴきゃぴ可愛かったのに」

シニカルにそう笑顔を見せて――歯も、舌も、ぽっかり穴が空いていました――哭奈ちゃんはそう言いました。

「その持ち前の可愛さで、学年中の男を誑(たぶら)かしていたのに」

「……学年中は大袈裟(おおげさ)じゃないかな」

「そうね。せいぜい、寸志(すんし)くんくらいだったかもね」

寸志くん？

どなただろう、と言うのが思い切り顔に出てしまいました。かつてならば前髪で、その顔を隠すことができていたのですが、ベリーショートじゃ、怪訝(けげん)に顰(ひそ)めた眉(まゆ)さえ隠せません。

髪の短きは七不思議を隠せず。

いけません、女王さまのご機嫌を損ねてしまいます……、寸志くん寸志くん……、言われてみればどこかで聞いたことがあるような……、話の流れからすると、おそらくは『学年中の男』の中のひとりなのだと推察されますが……。

「あっ」

「あっ、じゃないでしょ、あんた……、閃いたみたいに。なんで自分に告ってきた男のことを忘れてるのよ」

「し、下の名前を忘れていただけだよ。突然言われても……、名字は覚えているもん、砂城くんでしょ？」

取り繕うように言う私でしたが、決して誤魔化しているわけではありません……、フルネームを頭に叩き込んでいるつもりでした、ついさっきまでは。

今の今までは。

ただの度忘れですよ。

哭奈ちゃんの現状から受けた衝撃に、つい失念しただけのことです——シナプスが繋がらず。嘘じゃありません、だって、そもそも、ここで彼の名前が出てくることは、私にとって決して想定外だったわけではないのです。

避けては通れない争いの火種ですからね。

彼から告白されたことは。

「で、でもまあ、あれは冗談みたいなものだからね。告白されたって言っても、根暗で俯きがちの口下手な照れ屋をからかってやれっていう悪意の産物だったから」

「悪意の産物って。男子への見方に悪意があり過ぎるでしょう。そういうとこよね、撫子ちゃんの。撫子ちゃんの——可愛いとこ。こんなこと言われたら、また照れちゃう？」

「いやあ……、どうだろ……」

照れるというのとはちょっと違いますが、たじろいで、あさっての方向に目を逸らしてしまいますね——哭奈ちゃんが直視できない有様だというのもありますが、それこそ、俯いて伸ばした自分の前髪に隠れていた、口下手な照れ屋時代をまざまざと思い出します。

「だから断ったの？　悪意の産物だったたから。寸志くんには、はっきりと理由は言わなかったみたいだけれど」

「いー、やー、どー、だー、ろー……」

その昔、同じような質問をある人からされて、『断ったのは、他に好きな人がいるからだよ』と答えた記憶がありますが（報える記憶です）、ここで同じ回答をすると、『それ、誰のこと？　誰？　いいから試しに言いなさいよ』と、詰め寄られる恐れがありますね。

詰められに来たのではありませんし、恐れに来たのでもありません。

「ほ、ほら、寸志くん？　のことを、哭奈ちゃんが好きだって知ってたからね。身に余る光栄だけど、そんな男性のお相手は私のような軽輩者にはとても務まらないと身の程を弁えて、辞退させていただいたというのが本当のところで……」

いけません。

強者におもねる昔の癖が。

単に嵐が過ぎるのを、頭を下げてやり過ごそうとしているだけなのですが、こんな卑屈を可愛いと思う人も、もっと言えば媚態だと取る人もいるわけで……、それが寸志くんであり、また、哭奈ちゃんだったわけです。

媚びて嫌われるって。

踏んだり蹴ったりですよね。

「……そういう態度がムカつかれて、あたしに呪われたんだってあんた、わかってんの？」

「いえ、今、啓蒙されました。哭奈ちゃんの教えは相変わらず熱く胸を打つ……」

違いますってば。

こんな昔の関係を、再構築したかったわけではないのです……、どんなスクラップ・アンド・ビルドですか。そういうのはただの、元の木阿弥と言います。

じゃあ何をしに来たんだって話になりますけれど、その話題こそが問題でして。

「いや、これ、マジでさ。撫子ちゃんの、そうやって、あたしのこと下に見てるとこが、どうにも勘弁できなくてさ……、こいつ、あたしを相手にうまく立ち回ってるつもりだって思うと、腹が立って腹が立って……、でも」

でも？

てっきりそのまま、一時間くらい私をなじり続けるのかと思いきや、哭奈ちゃんは思いのほか早く、逆接の接続詞を使用しました。

「今はもう、そんなことどうでもよくなっちゃったかな……、いったいあんたの何にそんなにムカついていたのか、よくわかんなくなっちゃった。ムカムカしてた堪忍袋が、空っぽになっちゃったみたいに……」

「…………」

穴でも空いたんですかね。堪忍袋とやらに。

感情が身体の中に溜まらずに、空いた穴からじょろじょろシャワーみたいに零れていくような……、その結果が、今の彼女の穴だらけの——すかすかの印象なのでしょうか。

そう思うと、私としてはなんとなく、感情的ならぬ感傷的になってしまいそうでしたが、

「そうね、だからあれは撫子ちゃんが悪いけれど、許してあげることにするわ」

なる、投げやりな発言を受けて、ぶん殴られたみたいな衝撃を受けました——本当に殴られたのかと思い、危うくパイプ椅子ごと引っ繰り返るところでした。

あざといリアクションを取るところでしたよ。

マジかこいつ。

追い詰めて追い詰めて、その挙句、理不尽にも私を呪い、肉体的苦痛と精神的苦痛をああもブレンド

しておきながら、謝らないどころか、寛容にもお許しの言葉を……？

　ベリーショートの髪の毛が、全部逆立つかと思いました、逆鱗のように……、逆撫子どころか、一瞬で危うく、神撫子にまで変貌を遂げかねませんでした。

　やっぱ苦手だ。

　むしろ嫌いだ。

　こんな抜け殻みたいになっても——こんな蛇の抜け殻みたいになっても、人間の本質は変わらないのでしょうか。

　いえ、向こうからすれば、それは私も同じなのでしょう……、髪を切って、多少はしゃっきり、前を向いて喋るようになったところで、所詮は『あたしがいなきゃ何もできない撫子ちゃん』なのかもしれません。

　昔みたいな凜としたところが見たいなんて、ついつい血迷ったことを思ってしまいましたが、衰えたとは言え、リアルにそれに接すると、深刻なダメージを負いましたね……、いいでしょう、飲み込みましょう。

　丸呑みしましょう、この痛み。

　ならぬ堪忍、するが堪忍——私の堪忍袋も、いい加減、穴だらけで、だからこそ、そろそろ新調しなければ。

　非を認めて欲しくて来たわけでもないです——では、何をしに来たのかと言えば。

「……哭奈ちゃん。お願いがあるんだけど、いいかな」

「ん？」

　哭奈ちゃんは首を傾げました——穴だらけの首筋でそんなことをしたら、転げ落ちてしまいそうではらはらします。

「懐かしいわね……、撫子ちゃんからのお願いって。いろんな無茶をさせられたものだわ。いいわよ。聞き届けてあげる。何？」

頼られたら、内容を聞かずに引き受けてしまう快美な姉御肌……、こういうところは好きでしたね、そう言えば。

内気で消極的な身として、アテにしてました。

女王さま改め、そんな姉御と、それなりにうまくやっていた時代もあったのは確かでした……、それを忘れないようにしつつ、

「ちょっと一枚、哭奈ちゃんをモデルに絵を描かせて。私、今、法廷画家を目指しているの」

と、スケッチブックを取り出したのでした。

003

入院病棟をあとにして、軽く道に迷っていると、階下に降りる途中の踊り場で、斧乃木ちゃんが待ってくれていました——待機の場所が独特な眼帯童女です。患者を慰問に来たシャンソン歌手かと見まごうくらいの背中の大きく開いた大胆なドレスを着用した、無表情なお人形さんですが、そんなお顔を見てほっとするなんてね。

「お疲れ、撫公」

棒読みでのねぎらいに、私は、「うん——疲れた」と、階段を降りながら応じます。

「謝らない相手を許すって、こんなに苦痛なんだね。蛇に全身を締め上げられるよりも苦痛だったかも……、知らなかったよ」

「別に許さなくったっていいんだよ。乗り越える必要すらない。軽やかに躱して、忘れてやればいいのに」

つれなくそう言って、私が差し出したスケッチブックを受け取る斧乃木ちゃん——チェックするように、ぱらぱらとページをめくります。

「後悔してるのかい？　旧友との面会を」

「うーん。後悔ってわけじゃない……、かも」

うっかり、法廷画家を目指しているという、わけのわからん嘘をついたことは恥じています。漫画家を目指していると、どうしても哭奈ちゃんの前では言えませんでした。

くっ。私も見栄を。

夢を公言すると誓ったはずなのに！

「そこで法廷画家って言っちゃうお前のセンスも独特だよ。なにげに、相手を被告扱いしているってことなのかもね」

中学生の心の闇(やみ)だ、と斧乃木ちゃん。

言ってくれますね。

でも、確かにそういうつもりもあったのかもしれません——それだけに、自分に対する悪意に敏感な哭奈ちゃんが、あっさりモデルを引き受けてくれたのは意外でした。

やはり、相当、失われているのでしょう。

私の知る遠吠哭奈ちゃんは。

「今の哭奈ちゃんなら、私の夢を言っても、馬鹿にしたりしなかったかもしれないな……」

「そうだね。あの愛すべきご両親みたいに、でもしか漫画家、でもしか漫画家と、連呼したりはしなかっただろうね」

「うん……、まさか親から、あんな語彙(ごい)で責められようとは」

ちなみに『漫画家に「でも」なる「しか」ない子』という意味です。

娘に失礼と言うより漫画家に失礼です……、中傷と言うには傷が大き過ぎますよ。多大なる迷惑をかけていることは自覚しているとはいえ、それでも、私への意見はともかく、手塚治虫(てづかおさむ)への意見は許せません。

「別にご両親も手塚治虫に物申してはいないでしょ。ちゃんと言い返したんだっけ？　私は手塚治虫になるんだって」

「言ってない。言うか」

「そう言えば、撫公。ＡＩ手塚治虫ってどうだった？

人を模して造られた人形としては気になるところだ」

　どうでしょうね。

　何をもって手塚作品とするかは難しいところです……、一口に手塚治虫と言っても、色んな作品や、色んな時代がありますから。『火の鳥』や『ブラック・ジャック』と言った、みんな知っている有名作品ばかりをディープ・ラーニングさせても、それはそれで、手塚治虫じゃなくなっちゃうような気はします。

「なるほど。逆に、手塚治虫の滑った作品ばかり集めても、なかなか認められないだろうね」

「手塚先生は滑られたことなどない。我々の理解が及ばなかっただけだよ」

「ＡＩ手塚治虫製作に関わっちゃ駄目な奴」

「手塚治虫になるんだとは言えないけれど、私は手塚治虫のアシスタントになるんだ、だったら言えたかも」

「不思議な志の高さだ」

　難しいのは、作画技術や漫画製作の態勢まで、完全に変わってしまった現代で、いったい手塚治虫なら何を描くのかという点かもしれません……、それは我々のイメージする手塚治虫とは、まるで違う作家になりかねませんよね。イノベーションの件もさることながら、現代では美談として語られがちな、漫画家や出版社の、人権問題もあります。あの環境でしか生み出せなかった名作があるとすれば、必然、現代のＡＩでは再現できないという結論に至らざるを得ません。

「僕としては、作風はもちろんだけれど、作家性はどこまで再現すべきなのかも気になるね。仮にＡＩ手塚治虫の描いた漫画がアニメ化されるってなった際に、アニメも自分で手掛けるって言わなきゃ、手塚治虫じゃないもんね」

「それはもう先生のなさりたいようにしていただいて」

「お前がＡＩみたいだよ」

ＡＩ千石撫子はロクなことしなさそうですね。

例の四人の千石撫子が、そんな感じでしたが。

「あと、ＡＩ手塚治虫には、手塚治虫よりも面白い作品を描いちゃ駄目という縛りもあるのか」

「あはは。心配しなくとも、そんなことはどんな高度なＡＩにも不可能だから」

「ロボットが反乱を起こしたとき、真っ先にデリートされるよ、お前みたいなのが。実際、ＡＩ手塚治虫が完成したら、漫画界にお前の入り込む余地などなかろうに」

「うっ……、そ、そのときはＡＩ千石撫子が、私の遺志を継いでくれるはずだよ」

「お前の遺志を継いだら、ＡＩ手塚治虫のアシスタントになるだろう。神を越えるくらいの気概を持てばご両親も、違う意味ででもしか漫画家って言ってくれるんじゃない？　何に『でも』なれるけれど、漫画家になる『しか』ない子」

と、斧乃木ちゃん。

激励のつもりでしょうかね。

しかし、実際にその志を語ったら、『では、まず医者を目指そう』と言われてしまう気もします……、そんな粋なご両親ならよかったのですが。

「ふうん。こんなに穴だらけだったんだ——針の山に落ちたみたいな有様じゃない、思ったより酷いな。ただの呪い返しじゃ、こうはなるまいに……、もしかしたら自分で自分を呪っちゃってたところも、あるのかもね」

「自分で自分を？」

「女王さまみたいに傲岸不遜、傍若無人に振る舞っても、常にイライラしているなら、決して楽しい人生じゃないだろう——思い通りになることが多過ぎると、些細なストレスにも耐えられなくなる。だから、お前みたいな見栄えのいい手下がいないと、癒されない」

手下って。

えらい言われようですね。

「しかしあれだね、お前は遠吠哭奈だったり、阿良々木月火だったり、増上慢な友達と連むのがことのほか好きなんだね。手下と言うより、三下体質なのかもしれないね」

「そんな嫌な体質じゃないよ……」

否定しにくい見方ではありますがね。

手下、三下という表現には忸怩たる思いがありますけれど、しかし小学生の頃から、千石撫子には、権力者の傘下に参加したがる傾向が、はっきりとありました。

今から思うと、ファイヤーシスターズの参謀担当、月火ちゃんなんて、まさしくその象徴でしたね。小学二年生の頃の私は、犬馬の心で権力者の懐に飛び込んだものですよ、まさかそこが火中だとは知らず。

「単に見た目で側近に選ばれたわけじゃなく、お前のような権力者にすりよってくる生態の生き物がそばにいるということは、彼女達にとっては、一種の血統書になるのかもね。あのコバンザメがひっついているってことは、あいつは鮫だ、って思ってもらえるもの」

「酷い言われようだ」

「ちなみにコバンザメは鮫じゃない」

「コバンザメな上に鮫でもないんだ……」

昔、副音声で聞いたことのあるやり取りですね。

鯛の仲間なんでしたっけ？

腐っても鯛、コバンザメでも鯛。

「同じ孤独主義なようでいて、その辺、鬼のお兄ちゃん、略して鬼いちゃんとはライフスタイルが違うわけだ。お前は誰かの庇護下、支配下に入ることに対して、決して消極的ではなかった、と。強者を嗅ぎ分ける嗅覚は一流だった。そこへいくと鬼いちゃんなんて、群れることを敗北と捉えていたからね。今も大学で孤立しているらしいよ」

それは話が違ってくると思います。

大学でも孤立しているんだ……。

「憧れもあったんだと思うの。ああいうタイプへの。

そりゃ、強大な権力の下で安穏と楽して暮らしたいという強大な願いがあったことは間違いないんだけれど……」

「そんな願いがあったのかよ。とんでもないな」

　僕に言わせれば、ああなっちゃおしまいだと思うけれどね——と、斧乃木ちゃんは言います。阿良々木家に居候していた頃、月火ちゃんと同室だった時期が長いだけに、その感想には重みがあります、棒読みなのに。

「『ドラえもん』で言えばスネ夫くんタイプか。ジャイアンの庇護下に入るか、ドラえもんの保護下に入るか、言われてみれば迷うところだよね。ドラえもんは学校の教室までついてきてくれるわけじゃないし」

「そうだね。教室で頼れる相手がいるっていうのは、大きいよね」

「つまりお前は、スネ夫ならぬスネ美というわけだ」

「『チンプイ』のキャラクター」

『チンプイ』にジャイアン的キャラっていましたっけ？

「哭奈ちゃんの側近に召し上げられたことによる被害も大きかったし、結局、哭奈ちゃん当人は、その後失脚しちゃったみたいだけど」

「自業自得という。自縄自縛かな？　縄じゃなくて蛇だとしても。で、竜頭蛇尾に——じゃなくて、上首尾に運んだわけ？」

　素っ気なく訊いてくる斧乃木ちゃんです。

　この子にしてみれば、じかに会ったわけでもない、何の思い入れもない哭奈ちゃんに、さほど同情する理由もないのでしょう。

　私は、「うん」と頷きました。

「私が哭奈ちゃんをモデルに、その絵を描き終わったら、哭奈ちゃんの身体からは、ひとつ残らず、すべての穴が消失したよ——穴が消えるっていうのも、撞着語法かな？　誤報かな？」

　蛇の噛み痕が、すっかり消えました。

顔からも、首からも、胸元からも、腕からも。おそらくは患者衣や、掛布団の下からも。スケッチブックの中に、彼女の穴を、彼女の穴だらけを、十把一絡げに封じ込めたとでもいうのでしょうか——もっとも、現実的には何も起こっていません。

本人も認識していないどころか、おそらくは私にしか見えなかったであろう巨大な蛇の痕跡を、そんな錯覚、そんな幻視を、私が絵に描いたというだけのことです。

いわば独り相撲ですね。

果たして本当に呪いが解けたのかどうかも怪しいものです——多少、気分がマシになった程度のことで、まだまだ哭奈ちゃんの入院生活は続くのではないでしょうか。

「そりゃ、一筋縄ではいかないさ。縄の根っこに、洗人が絡んでいるんじゃね——それでも、マシになるだけで十分なんじゃない？　お前がされたことを思えば」

「されたことを思えばね。でも、してもらったことを思えば、情状酌量の余地が、皆無ってわけでもないから」

などと言うと、若干、偽善的です。

若干どころじゃないですかね。

私は別に、自らの意志で、かつての友達のお見舞いに来たわけではないのですから——臥煙さんの指示でなければ、誰が好き好んでこんな面会……、どう転んでも後味の悪い、嫌な気分になるに決まっているのに。

哭奈ちゃんをモデルに絵を描いたのは、法廷画家、ならぬ漫画家を目指すための修行ではなく、臥煙さんの指導の下、斧乃木ちゃんのような専門家を目指すための修行です。

「僕を目標にしてくれるとは嬉しいね。なんでもしてあげたくなっちゃうよ」

言って斧乃木ちゃんは、スケッチブックの該当ページを、びりびりと引きちぎって回収します——厳重に封をするように四つに折り畳んで、ポケットに仕舞いました。

「ま、臥煙さんは撫公を、僕みたいなパワーキャラに育て上げるつもりはないだろうけれどね。僕の『例外のほうが多い規則（アンリミテッド・ルールブック）』じゃあ、呪い返しの解呪なんてできっこないし……、ボディにもうひとつ大きな風穴を空けるくらいがせいぜいだよ」

穴で穴を埋めるってわけですね。

斧乃木ちゃんの場合は、物理的な穴ですが。

「ふう……」

ともあれ、やるだけのことはやりました。やりきりました。やれやれという感じでもありますが……、私に許されようが恨まれ続けようがあまり関係ないでしょうけれど、哭奈ちゃんの今後は、哭奈ちゃん次第でしょう。

「じゃ、帰ろっか。斧乃木ちゃん。部屋のベッドで寝っ転がって、スプーンを使わずにアイスクリームを食べよう」

「アイスクリームのように甘い誘いだけれど、忘れたふりしてんじゃねーぞ、撫公」

斧乃木ちゃんは、ドライアイスのように、私の行く手（帰り手？）を、両手を広げて通せんぼしました。仕草（しぐさ）こそ童女っぽく可愛らしいですが、広げたその手は、この病院を木端微塵（こっぱみじん）に崩壊せしめるほどの膂力（りょりょく）を秘めています。

「もうひとりいるだろ。訪ねる相手は。お前が面会して、呪いを解いてやる穴だらけの相手は――同じ病院に入院してくれてたのは、なんとも好都合だったよね」

不都合極まりないです。

しかし、そう言われては是非もありません。

蛇の毒も、喰（く）らわば皿まで。

私は意を決し、踵（きびす）を返して、一年前に私を呪ったもうひとりの人物、砂城寸志くんが入院している病室へと足を向けるのでした――法廷画家として、あるいは、専門家として。

004

「それで？　きみに告白し、振られた腹いせにきみを呪ったかつての同級生、運動部のヒーロー、砂城寸志くんも、やっぱり謝ってはくれなかったのかな？」

「うん——いや、謝ってはくれたよ？　謝ってはくれたけれど、『ごめんごめん、でも、千石にも悪いところはあったよな。俺は謝ったんだから、お前もきちんと謝ろうよ』みたいなことを……」

なんともすっきりしない、もやもやした面会になりました……、ともすると、哭奈ちゃんとの面会よりも、嫌なわだかまりの残る対話だったかもしれません。

自分はさらっと謝っておいて、こちらには正式な謝罪を要求するようなアンバランスさは、あれから日数が経過した今思い出しても、いまいち腑に落ちない感じでした。

思い出すたびイラッとします。

「はっはー。人それぞれ、主観があるからね。もしかすると寸志くん自身、きみという悪女に誑かされて、穴だらけになってしまったと考えているのかもしれないね」

誑かした自覚はないんですけどね。

事実無根ですよ。

悪女って……、ラスボスと呼ばれたこともありましたけれど。

哭奈ちゃんのことがあったから、むしろ当時の私にしてはかなりきっぱり、お断りしたほうです……、それがよくなかったのだと言われれば、ええ、扇さんの言う通りかもしれません。

「人を振るにもマナーが必要ってことなのかな」

「そうだよね。千石ちゃん、ちょろそうなのに意外と身持ちが固くて、当惑させたんだろうね。ワンチャンどころかテンチャンありそうな女子にきっぱり袖にされたら、そりゃ色男としては黙ってられないよね」

「そこまで言う通りだとは思っていない。でも、なんだかな……、私を呪ったふたりの男女が、ふたりとも穴だらけになっていたって言うのは、考えさせられるよ」

「千石ちゃんが考えるなんて、よっぽどだね」

「馬鹿だと思ってる？」

「少なくとも、あまり賢明な人生設計じゃないだろう。中学卒業を待たずに一人暮らしを始めて、法廷画家を目指すなんて」

いじってきますね、法廷画家を。

描いてやりましょうか、忍野扇被告を。

「勘弁してよ、きみに描かれたら、僕は消えてなくなってしまうよ、ブラックホールのごとく。ところで千石ちゃん、その辺、一応、解説しておいたほうがいいんじゃないの？　この本から読み始めた人もいるかもしれないから」

「い、いるかな……」

何をどう間違えた結果、モンスターシーズンの第四作から読み始めるんですか――ただまあ、私自身の復習のためにも、やっておいたほうがよさそうです。

昨年、私は同時期に、二匹の蛇に呪われました――言うまでもなく、片方が哭奈ちゃんの放った蛇で、もう片方が寸志くんの放った蛇です。

同時に別方向から呪われました。

哭奈ちゃんは、好きな男子が格下で手下で三下の私に告白したことが許せなくて、寸志くんは、ちょろそうな女子が自分の告白を断ったことが許せなくて、それぞれに私を呪いました。

示し合せたわけではなく、当時、はやっていたんです。

我が七百一中学校では、そんな『おまじない』

が――恋愛関係の『おまじない』だけでなく、『成績アップ』とか『運動神経の向上』とか、結構ヴァリエーションに富んでいましたが、要するに、中学生向けの『おまじない』でした。

その大半は、罪のない、いわば有名無実な『商品』でしたけれど、中には『本物』も混じっていて――私の場合、それがダブりました。

「はっはー。『本物』というより『偽物』だけどね。クオリティの低い粗悪品だ。しかし、千石ちゃんに巻きついた二匹の蛇のうち、一匹はメメ叔父さんがくれたお守りで、綺麗さっぱり、浄化されたはずだよね？　退治し切れず、逃がした蛇は一匹だけだったはずだ……、なのにどうして、男子も女子も、平等に呪い返しに遭っているんだい？」

「ふたりとも、呪ったのは私だけじゃなかったってことだと思うよ……、ふたりとも、戻ってきた一匹の蛇に噛まれたんだとすれば、いくらなんでも、穴だらけ過ぎだったし」

斧乃木ちゃんは、自分で自分を呪っていたところもあるんじゃないかと推察していましたし、両者、それもないではないでしょうけれど、それでも、私に足すことの数十人くらいは呪わないと、ああはならないでしょう。

そういう意味では、私は彼らにとって、特別じゃありませんでした……、替えの利かない右腕でもなく、赤い糸で結ばれた運命の相手でもありませんでした。

無数に、なんなら無差別に呪った同級生の内の、たったひとりに過ぎませんでした。

案外、理由なんてなんでもよくて、お金を払って手に入れた『おまじない』を、ちょいと試してみたかっただけかも……、ナイフの切れ味でも試すように。そして、哭奈ちゃんや寸志くんに呪われた同級生達の中には、私よりも、ずっと上手に対応した、要領のいい子もいたでしょうね――むしろ私は、独学で対処しようとして、かなり大胆に失敗したほうです。

　立ち読みの知識で自力救済を目論(もくろ)み、被害を拡大しました。

「そう卑下することはないよ、千石ちゃん。そんな独立独歩があったからこそ、きみは暦(こよみ)お兄ちゃんや月火ちゃんと再会できたんじゃないか」

「だから、今となっては、それを手放しで喜べないんだよ……」

　合縁奇縁ではありますがね。

　ただし、そこが気がかりではあったのですが、浄化し切れずに逃した蛇が、哭奈ちゃんと寸志くん、どちらに返ったのかは、結局のところ、わからず仕舞いになりそうです。

「ふむ。千石ちゃんの復讐が達成できたのかどうかが不明のままなのは、確かにすっきりしないね。もやもやする」

「私はそんな理由ですっきりしていないわけじゃない」

「でもまあふたりとも、今となっては、そんなボロボロの有様なのであれば、心からざまあかんかんって、清々(すがすが)しく思うよね。痛快痛快。こんなすかっとする話はない」

　私がそう思えない代わりに、扇さんがそう思ってくれているのでしょうか……、本当、人間の裏側を体現したような男子高校生ですね。

　男子高校生？　ですね。

「いくら臥煙さんの指導でも、呪いなんて解いてあげなきゃよかったのに」

　私が本当に復讐を目論むとすれば、その対象はあなたかもしれないということを、このかたはわかっているんでしょうか……。

「わかっているよ。だからこそ、少しでも人類を……、おっと、罪を滅ぼそうと、こうして使い走りを快諾してあげたんじゃないか」

　人類を滅ぼそうと、って言いかけました？

　私は魔王と話しているのですか？

ぶるぶる怯(おび)えながら、私は扇さんから、キャスター付きのスーツケースを受け取りました。六十リットルで、大旅行に行くかのような大荷物ですが、中身は私が、昔描いた原稿です。

家を出るときに、うっかりクローゼットに忘れてきてしまいました……、家を出るときにと言いますか、ご両親と大げんかの末、家出同然に飛び出してしまったので、取るものも取りあえずと言いますか、持っていたのはペン一本とスケッチブックだけでした。

昭和の作家ですか。

それが年始の出来事です。

ご両親と卒業後の話をするのはうまく避けていたのですが、正月ということもあり、お互いに気が緩(ゆる)んでしまいました……、結果として、私は予定よりもかなり早く、一人暮らしを始める羽目になってしまいました。

前回の仕事で、臥煙さんに斡旋(あっせん)されていたハウスの契約開始が一月だったことも、事態を悪化させました……、逃げる場所があるとまにまに逃げちゃうタイプですから、私は。

ちなみに斧乃木ちゃんはついてきてくれました。

あの子、慳貪なようでいて、私のこと、好き過ぎます。

で、忘れ物に気付いた——と言うか、他のものはともかく、その原稿だけはあのご両親の下に置きっぱなしにはできないと思ったのですが、すごすご取りに帰るわけにもいかず、誰に頼むかと言えば、扇さんしかいませんでした。

まあ細かく言うと、最初は月火ちゃんに頼んだんですけれど、断られました。

「そこで断れちゃうのが月火ちゃんの月火ちゃんたる所以(ゆえん)だよね——はっはー」

「大丈夫だった？　誰にも見つからなかった？」

「神原先輩との用事を済ませた帰りにちゃっと寄るつもりでいたら暦お兄ちゃんと同行することになっ

て、借りてた合鍵を落としたけれど、留守だったからガラスを割って侵入し、ついでにあちこち物色していたら、予想より早く帰ってきたご両親に見つかったから、張り倒して逃走した」

やってほしくないこと全部やってる。

ご両親を張り倒すって……。

ならず者にもほどがあります。

「冗談だよ。全部嘘だ」

「だったらいいんだけど……」

「合鍵を落とした以外は」

「そこが本当だったらガラスを割ったのも本当じゃない」

斧乃木ちゃんよりも激しい破壊行為を、私の実家でしないでください――ところで、こうして扇さんと話しているここはその実家からそう離れていない、あの有名な浪白公園です。

臥煙さんに紹介していただいたアパートは首都近辺の好立地なのですが（首都と言っても、東京ではありません。地元の繁華街を、我々地方在住者はそう呼んでいます）、今日ははるばる、荷物を受け取りにきました。

実家に顔を出せないとは言え、さすがに扇さんに首都まで出てきてもらうのは申し訳なく、軽く里帰りしました。

手ぶらの凱旋です。

「結構な量で驚いたよ。多作なんだね、千石ちゃん。スーツケースは貸しておくから、そのまま持って帰ってくれたまえ。これからアウトローロードを歩む千石ちゃんへの、僕からのはなむけだ」

「ありがとうございます……」

確かに、どんな凸凹道でもそこのけの、いかにも頑丈そうなスーツケースですが……、この見るからに作り込まれた堅牢さは現金がぎっちり詰め込まれてそうで怖いですね。

実際の中身は、私の落書きですが。

こんな巨大なスーツケースを、ＢＭＸでサイドカーみたいに運んできてくれたのだと思うと、軽はずみに物事を頼んでしまいました。

「で、でも、こんなお高そうなもの、いただけないよ」

「なあに、僕が叔父さんを模倣して、あちこちフィールドワークをしていた頃の、いわば設定の名残だよ。僕はもう旅をすることはないからね、千石ちゃんが受け継いでくれると嬉しい」

ふむ、そういうことでしたら。

処分しづらい場所を取る不要品をうまく押しつけられたという気もしますけれど……、根無し草の転校生というイメージの扇さんも、いよいよこの町に根を降ろすことに決めたのでしょうか。

私と正反対ですね。

「そして、やはり町を離れた暦お兄ちゃんとも正反対さ。表と裏だね。そう言えば、月火ちゃんは怒ってたよ、千石ちゃんが何の相談もなく町を出て行ったことについて。なんならこのあと、一緒に謝りに行こう」

「嫌だ嫌だ嫌だ嫌だ」

だから断られたんですか……。

電話をしたときは、ぜんぜんそんな様子もなく、いつもの感じでにこやかに断ったみたいな論調だったのに、こわっ、本当に怒ってるときの怒りかたですよ。

単純に比べられたものではありませんが、やっぱり哭奈ちゃんよりも、私は月火ちゃんのほうが怖いです。

もっとも、月火ちゃんに断られたら、もう次は、直接の縁があるわけでもない扇さんに頼るしかなかったあたり、私の人脈もたかが知れています。

プロの斧乃木ちゃんをあまり便利使いするのも気が引けましたし――ただ、扇さんにしたところで、罪滅ぼしとか（人類滅ぼしとか）言っておいて、ただってわけじゃありませんでしたしね。

旅はやめても、フィールドワークの癖は抜けていないようで、扇さんは使い走りの引き換えに、私からの談話を要求しましたし。

近況と言いますか。

去年の夏におこなわれた、懐かしき私の和解行脚を——結局、和解はできませんでしたし、その後の数ヵ月も、特に音信不通ですが。

ふたりとも、退院したのかどうかも知りません。

私も家を出ましたし……。

「いいと思うよ、それで。別に臥煙さんも、本気で千石ちゃんに、旧友と和解してほしかったわけではないだろう——いや、あの人の真意は、僕には測れないな」

ええ。

誰とでも友達になっちゃう先輩気質のおねーさんですから、子供の喧嘩(けんか)を、本気で仲裁しようとした可能性もあります——ただ、そうだとしても、それは目的の、二の次、三の次でしょう。

第一の目的はあくまで。

呪いの回収——でした。

「サンプルを欲したみたい。蛇の呪いの」

結構な重要任務ですし、臥煙さんなら、（斧乃木ちゃんは専門外だとしても）他に相応(ふさわ)しい人材をいくらでも擁してそうなものですが、しかしそこは専門家として、依頼もないのに、無料で病室に乗り込むわけにもいかなかったのでしょう。

ゆえに私の修行に、あるいは旧交に紐付(ひもづ)けたようです——その辺りの手腕は、哭奈ちゃんや月火ちゃんよりも、どっしり、頭領の器というところですね。

「逆に言うと、専門家見習いの千石ちゃんを動員しなきゃならないほどシリアスなケースに当たっているのかな、臥煙さんは」

扇ちゃんはそう分析します。

なるほど、そういう見方はしていませんでしたね——さすがの見識です。去年、臥煙さんに大敗しただけのことはあります。

「誰が大敗しただけのことはあるだよ。あの勝負は、僕が勝っていてもおかしくはなかった」

　意外とこだわりますね。

　私は、扇さんと臥煙さんの勝負についての顛末は、詳しくは知らないんですが……、斧乃木ちゃんに訊けば教えてくれるでしょうけれど、積極的に知ろうとは思えません。

「個人的には引き分けだと思っている。僕に言わせればドローだ」

「どろどろだよ、そのこだわりは……」

「いずれにせよ、決着と言うか、けじめがついたことは事実だ。暦お兄ちゃんとはともかく、僕と臥煙さんはね——もっとも、今も僕は、庇護下ならぬ監視下にあるのだろう。千石ちゃんも、そういう観点から見れば、けじめがついたんじゃないかい？　昔の友達や、昔の男と」

「昔の男っていう言いかたは違うし、昔の友達っていう言いかたも、ちょっと違うかな——」

　今も友達だ、と言いたいわけじゃなく、むしろ逆で、昔も友達だったかどうか相当怪しいという解釈ですけれど。

　ただ、友情という概念を美化し過ぎるのも、違うんでしょうね——一種の互助関係だったことは間違いないわけですし。

　しかし、けじめがついたかどうかという点は、承服しかねるものがあります。何度も言うよう、もやもやした気持ちが澱のように残っていて、もっといいやりかたはなかったものかと、ぐるぐる考えてしまいます。

「はっはー。絶対に許しちゃ駄目な罪深い人達を、自分の都合で恣意的、かつ無原則に看過しちゃったんじゃないかっていう後悔、ないしは罪悪感があるって感じかな？」

「あー。それ近いかも……」

「そう考えると、許す許さないも、通り一遍ではないね。寛大なわけでも、器量が大きいわけでもなく、単に弱さから許してしまうこともあるだろう——弱いから断罪できない。単に利害から許してしまうこともあるだろう。『こいつのやったことは許せないけれど、今後のことを思うと許さざるを得ない』『許しておいたほうがのちのちは得だ』という場合は、それぞれにある——謝ったほうが折れたのではなく、許すほうが折れたというパターンだね。裁判で『和解』と言っても、別に納得ずくの仲直りをしたわけじゃないってことだ。これは『妖魔令』の裏側でもあるな」

「『妖魔令』？」

「暦お兄ちゃんの今回の敵だよ。併録されている」

「そっちが併録なの？」

「今回はうまく凌いだみたいだが、まあ、一生付き合わなきゃいけない系の怪異だね」

おやおや。相変わらずご活躍のようで。

お名前から察するに、謝罪に関する妖怪変化でしょうか。

「そうだね。むしろ、千石ちゃんの昔の友達や昔の男にこそ、発令されてほしかった法律だね——ただ、仮に彼らが、かつての罪状を完全に認め、千石ちゃんに心から謝罪していたとしても、それをきみが許せたかどうかは、また違う話になってしまうんだろうね」

「？　どういうこと？」

「反省していない相手を許すのがキツいというのは千石ちゃんの体験した通りだけれど、なまじ相手が反省し、罪を悔いてしまっているがゆえに、本心ではもっと怒っていたいのに、許すしかなくなってしまうシチュエーションも、それはそれでもやもやするということさ」

なるほど。

確かに、仮に哭奈ちゃんや寸志くんが、しゅんと項垂れて、心のこもった謝罪の言を述べていたとしても、そのときこそ、私は立腹を隠し切れなかったかもしれませんね。

あれだけのことをしておいて、ただ謝って済ます気か、とか言い出していた恐れがあります。

「逆撫子モードになって、『お前らには反省したり改心したりする権利さえないんだ、ああん!?』とか言いそうだよね」

「物真似、似てるね……、言いそうだし」

ただ、その物真似を客観視すると、どうでしょう、じゃあどうしろというのかという展開にもなりますよね。

謝ろうと謝るまいと許さないし、反省しても改心しても許さないというのであれば、罪はどのように償えばよいのでしょう。頭を下げればポーズに意味はないと言われそうですし、お金を払えばお金じゃないと言われそうですし——罪滅ぼし。

人類が滅びることなく地球史を生き延びているよう、罪もまた、滅びないのでしょうか。

「ふむ。相手が破滅するまで責め続けないと気が済まないという発想は、それはそれで業が深いしね。責めるほうにとっても、負担になる。恨みや憎しみは、心に闇をもたらすからね」

それはあります。

臥煙さんに蒸し返された感があります。

古傷に塩を塗り込む真似とも言えましょう。

「哭奈ちゃんのことは、たまに思い出してもやっとしてたりはしたけれど、寸志くんのことは、ほぼ忘れていたくらいだったのに——名前を聞いてもぴんと来なかったくらいなのに、じかに会って話したことで、改めてもやっとしたよ」

「それも酷いし、向こうからすればそういうところだったんだろうけれど、もし千石ちゃんがそう責めたら、臥煙さんはあっさり謝るだろうね。正式に謝罪をするだろう。するとまた、選択を迫られるわけだ。気さくに謝ってきた大人を、みすみす許すのか、がみがみ許さないのか」

「……みすみす許すしかない奴だね」

灰汁どい悪問いですよ。

現在の私の家出は、臥煙さんによって支えられています……、ハウスも臥煙さんの紹介ですし、あの人から専門家の薫陶を受けることで、私の生活は成り立ちます。十五歳の中学生のひとり暮らしなんて無茶も、彼女の人脈で成り立っていると言っていいでしょう……、彼女と縁が切れれば、私は路頭に迷ってしまいます。臥煙さんとの関係性を維持するためには、謝られたら、『はあ、ええ、まあ、別に、そんな怒ってるわけでも……』と、曖昧に許すことがせめてもの抵抗です。

私はいまだ、権力者の傘下に……。

「はっはー。そこへ行くと、暦お兄ちゃんは大したものだ。考えなしに臥煙さんと絶縁して、今、見事に路頭に迷っているんだから」

「そういうとこあるよね……」

こんな言いかたは心ないかもしれませんけれど、そうはなるまいと、心から思わされます。勢いで臥煙さんと絶縁するとか、ありえないです——だからこそ、わだかまりが残るのです。

計算高く振る舞ってしまったみたいで……、自分の意見と関係ないところで、許さなくちゃいけないという状況——利害に折れると言うのは、心が折れますね。

ただ、これも考えかたではあります。

許しがたい相手を許す口実があると言うのは、ある意味では助かりますよね。私が私の意志で折れたわけじゃないというエクスキューズは、その後のギプスや松葉杖になるかもしれません。

臥煙さんのこと自体そうですが、哭奈ちゃんや寸志くんのことも、専門家としての修行の一環でもなければ、たとえちゃんと謝られていたとしても、私は許せなかった可能性大です……、なるほど、だとすれば、確かに扇さんの言う通り、けじめはついたのかもしれません。

別に許さなくったっていい——と、私のことが大好きな斧乃木ちゃんは言ってくれましたけれど、許したことで、前に進みやすくなることもあるのでしょう。

利害で言えば害ですが、損得で言えば、それは得です。

少なくとも、哭奈ちゃんや寸志くんを怒り続け、恨み続け、呪い続けることは、私にとって、何の燃料にもなりません。

「そうだね。撫子ちゃんの情念で、遺恨を残し続けると、また神様になっちゃう恐れもあるからね――臥煙さんは、そんな事態を回避したかったというのもあるだろう。大仕事に臨むにあたって、リスクファクターは取り除いておかねばね」

「そう言われると言葉もないよ」

「許して欲しければ、ただ誠心誠意謝るだけでなく、許す口実を提供するべきという知恵も必要という教えでもあるのかな。暦お兄ちゃんが苦しめられた、許しようのない妖魔令にも、そんな付則があればよかったのにね――法の解釈ではなく、これは改正になるかな。逆に、月火ちゃんみたいに、『こいつに対してはいくら怒っても無駄だ』と思わせてしまうのも、許されるには妙手かもしれない」

「しれないわけないでしょ」

気が知れませんよ。

そんなオチがついたところで、扇さんは、「じゃ、確かにお届けしたから」と、乗ってきた自転車に跨り直します。

「昔話をありがとう。興味深かったよ――そうだね、許せないことをされても歯を食いしばって許さざるを得ない相手、それを友達と、あるいは家族と呼ぶという意見もあるだろうね」

「そんな意見は採用できない。いい話みたいに言わないで」

家族という言葉に、無条件に感動することは、もう私には無理なのですよ。

「ところで、きみが昔の友達、昔の男と再会を果したのは、結構前のようだけれど、その後月日が経過し、季節が変わっても、年が変わっても、臥煙さんからのアプローチはないのかい？」

「あ、うん……、斧乃木ちゃんを通じて、いろいろ厄介な課題を、コンスタントにもらってはいるけれど、その件に関しては、進展はないよ。ひょっとすると、没になったのかもしれない」

　斧乃木ちゃんに託した私のスケッチが下手だったから……、いえ、没になったという言いかたは、法廷画家志望者の、職業病が過ぎるのかもしれませんね。

「まだ就職してないだろうに。無職業病だよ」

　扇さんはそう言って、自転車に乗ったまま、私に何らかの金属片を手渡しました――家出中の女子中学生に、男子高校生としてお小遣いをくれたのかと思いましたが、渡されたのは鍵でした。

　落としたと言っていた合鍵です。

「はっはー。千石ちゃんから信頼して預けてもらった合鍵を、僕が落とすわけないじゃないか」

「なあんだ……、もう。悪い冗談はやめてよ、扇さん」

「ごめんごめん。許してくれるかい？」

「いや、これくらいは謝られるまでもないけど……。つまり、うちのガラスを割ったって言うのも、冗談だったってことだもんね？」

005

　折角なので、地元をぶらぶらしてから帰ろうかとも思っていましたが、万が一、本気で怒っている月火ちゃんのネットワークに引っかかってはひとたまりもありませんので（ファイヤーシスターズは解散しても、あの子は変わらず地元の顔です。権力の座を降りていません）、扇さんと別れた私は、即座に首都へと引き返すことにしました。

　すたこらさっさという感じです。

いえ、それは気分の問題で、実際にはそう軽やかには参りませんでした。巨大なスーツケースが、道を歩くときも、電車に乗るときも、バスに乗るときも、とにかく大荷物でした。月火ちゃんのことがなくとも、これで地元をぶらぶらしようとしていたなんて、正気の沙汰ではありませんでした。ノーブラで正解でした。

と言うか、着払いで送ってもらえばよかったかも……、いえ、なんとなくですけれど、扇さんに現住所を知られるのは危険な気がします。まあ、あの人相手にそんな当たり前の警戒をしても、あんまり意味がないかもしれませんが……。

そもそも回収の目的は、ご両親の手元に法廷画家志望の痕跡を残しておきたくなかったからであって(前回の家出は、それで失敗したとも言えます)、その目的は既に果たされているのですから、道中のゴミ箱に捨ててしまう、あるいは山に埋める、河原で焼いてしまうという手もありましたが、いやいや、それはいくらなんでもねえ。

斧乃木ちゃん風に言うなら黒歴史かもしれませんが、過去をなかったことにするようで、到底気が進みません——溜め込んだ落書きみたいなものですけれど、これらの習作がなければ、私は未だ、北白蛇神社の社に君臨していた恐れがありますしね。もしも千年後の未来、AI千石撫子がプログラミングされるとすれば、無視するわけにはいかない情報源が、このスーツケースには詰まっているのです。

そんなことに思いを馳せながら、私は汗牛充棟をひーこら引きずりながら、ハウスに帰宅したのでした。

「おっと。早くもスーツケースを入手しているとは準備がいいな、千石。これから死地に臨もうとしている割にはやる気満々じゃないか、嬉しくなるよ。俺もテンション爆上がりだ」

アパートの前に斧乃木ちゃんがいました。ハウスと言いつつエレベーターのないアパートなので、ここからはさすがにパワーキャラの力を借りようと企てていたから、これは手間が省けましたが、しかし、私に声を掛けてきたのは、眼帯人形ではありませんでした（斧乃木ちゃんは私を『撫公』、または『撫公爵』と呼びます）。

　斧乃木ちゃんの隣に立つ人物。

　暗黒よりも黒く、暗闇よりも闇の深い、喪服のようなスーツを着た、長身の男性でした——まだ日も落ちていないのに、周囲ごと薄暗く、薄寒くするような、不吉な専門家でした。

　と言っても、私はこの人の、いわば正装を見るのは、これが初めてになりますが——

「か——か——蚕（かいこ）さん」

「貝木（かいき）だ」

　そうそう、貝木さん。貝木泥舟（でいしゅう）さん。

　ちゃんと覚えてますよー。

　去年の今頃、私を蛇神から、人間に戻してくれた専門家です——専門家であり、詐欺師（さぎし）です。忍野さんや、影縫（かげぬい）さんと同じく、臥煙さん一派のひとり——じゃあ、ないんでしたっけ？

　むしろはぐれ者扱い……、にしては、正式には影縫さんの式神である斧乃木ちゃんと並んで立っているのが、結構、さまになりますね。

　おじさんと童女の組み合わせを、個人的に私が好んでいるだけかもしれませんが……、正直、当時の記憶は鮮明というわけじゃありませんけれど、お礼を言う機会もなく、それっきりになってしまっていたことは確かです。

　ただ、突如降って湧（わ）いたようなこの再会は、私にお礼を言わせるため——ましてあのとき、貝木さんを殺しかけたことを、謝らせるためのはからいというわけではなさそうです。

　それは斧乃木ちゃんの表情から直感しました。無表情ですが。

「待ち伏せをするみたいになってしまったな、千石。だが、この留守番人形が、どうしても部屋に入れてくれなくてな――恩人のこの俺を犯罪者扱いだぜ、どう思う？」

「そ、それは、恩人である以前に貝木さんは犯罪者だから……」

「言ってやれ、撫公。そもそもお前が中学生に薄利多売で捌いた『おまじない』のせいで、私は複数名から呪われたんじゃねえかって」

露骨に不機嫌な斧乃木ちゃん。

佇まいがさまになっているだけで、別にそこ、仲よくないんですね……、そう、そうなんですよ、そして。

哭奈ちゃんの呪いも、寸志くんの呪いも、発信源を探れば、この詐欺師に行き当たるのです――追記すれば、月火ちゃんのお姉ちゃんである火憐ちゃんも、貝木さんが放った呪いで、一時は寝込んでいたくらいです。

ここで丸一年の久闊を叙するのは、あまりに人がいいというものでしょう。

「そんな昔のことにこだわるなんて、千石、人間が小さいぞ、俺が戻してやった人間が」

やれやれと肩を竦める貝木さん。

わがままな子供をあしらうみたいな物腰ですが、盗人猛々しいとはこのことです――やはり、生粋の犯罪者は、哭奈ちゃんや寸志くん、月火ちゃんと比べても、格が違いますね。

私を責めるどころか、恩着せがましい……。

迂闊に謝礼を言ったら謝礼金を取られそうです。

家出中の貧乏女子中学生なのに。

なんだかんだ言って、私が貝木さんに助けられたことは間違いないのですから、聞きかじったような倫理観に耳を貸さず、いつか再会するようなことがあればちゃんとお礼をしなくてはとも思っていましたけれど、こうして実際に再会してみると、ただ腹が立っても来ました。

蛇腹が。

「いやいや、そんな目で見るなよ、そんな蛇の目で。

悲しくなる。あのときは俺が悪かった、心から反省しているよ。相済みません。全部俺が悪い、よし、この件はこれで終わりだ」

「斧乃木ちゃん、その人、ぶっ飛ばして」

「了解、マスター」

「お前のマスターは千石じゃないだろう」

本当に『例外のほうが多い規則(アンリミテッド・ルールブック)』の構えに入った斧乃木ちゃんの指先を、さすがに避けるようにして、私のほうに一歩近付いてくる貝木さん。

やれやれ、この人には、扇さんの言っていた『妖魔令』なんて、物の数ではありませんね。

いや現実、ガチの犯罪者が目前に現れると、許すとか許さないとか、謝るとか謝らないとか、すべての言説が速やかに無力化されちゃいます。

言葉遊びじゃ補えません。

「いい気になるなよ、千石。斧乃木がお前に懐いているのは、お前の自己愛の現れかもしれないのだぞ。こいつは周囲からの影響をもろに受ける人形だからな」

嫌な指摘をしますね。

私を大好きな斧乃木ちゃんの内実が、私を大好きな私だとは……、逆エンパワーメントされてしまう嫌なことを言うのも、哭奈ちゃんや月火ちゃんの比じゃありません。

むしろ少ないほうだと思いますけれどね、自己愛……、ただ、本当のところはわかりません。なにせ私ですし。

「とは言え——見違えたな。たかが一年で」

「？　髪型のこと？」

「否。髪型のことは予想がついていた」

そんな馬鹿な。

すごく意味のない嘘をつきますね、この人。

「そして俺の仇(かたき)を討ってくれたことに関しては、最初に礼を言っておくか。あとで金をせびられてはたまらんからな」

「？　仇？」

「撫公は知らなくていい」

情報統制がおこなわれました。

私のことを大好きな斧乃木ちゃんが知らなくていいと言うなら、まあ、知らなくていい、知らないほうがいいのでしょうが……、露骨に隠されてしまうと気になりますね。

「さっさと用件を伝えろよ。臥煙さんから言われて来たんでしょ？　貝木のお兄ちゃん」

貝木のお兄ちゃんって呼ばれているんですか。

むやみに好感度があがりますね。

「臥煙さんから？」

次の修行のことでしたら、斧乃木ちゃんを通じて、もしくは直接、連絡してくれればいいのに……、つまり、貝木さんはただのメッセンジャーじゃないってことでしょうか？

斧乃木ちゃんは、どうやら先に聞いているようですが……。

「そう。俺はお前の件で、臥煙先輩からは破門されていたんだが……、今回、お前の修行に協力すれば、一門に復縁してもらえると聞き、一も二もなく望外のチャンスに飛びついたわけさ。臥煙先輩のためとあらば、俺はもう金じゃない。無償で動く」

裏で大金が動いてそうです。

ただ、さりげに言われましたが、私のせいで臥煙さんと貝木さんが絶縁していたことを匂わされれば、突っ込みづらいですね……、それも詐欺師の手法でしょうか。

しかし、意外とあちこちで絶縁してますね、臥煙さんも。

共通点のある絶縁者二名なのでしょうか。

「それにお前がその後どうなったのかも、気がかりだったからな」

「嘘ばっかりついている……」

「いやいや、マジだぜ。結局、暦お兄ちゃんとよりを戻して、また神様に戻っているんじゃないかと不安で不安で、夜も眠れず、口笛を吹いていたぜ」

来ちゃいますよ、蛇が。

だいぶ頼りなく思われていたみたいですね。

「今回の件から俺が得るべき教訓は、『親はなくとも子は育つ』だな――『男子三日会わざれば刮目して見よ』かもしれん」

女子ですけど。

あと、私の父親的なポジションに収まろうとしないでください、呪いの発信源が。

「そこだ」

と、貝木さん。

「呪いの発信源と言うが、厳密に言えば、俺はしがない小売店でしかない。入手した呪いを偽造し、安価に大量生産しただけだ」

「死ねばいいのにね」

不死身の怪異の専門家の合いの手が辛辣です。聞こえなかった振りをして、貝木さんは、

「延々と伸びる長蛇の列の、元の元を辿れば、ぐるっと一周して、洗人に到達する」

と、言いました――洗人。

五つ首の大蛇――洗人迂路子。

「ゆえに臥煙先輩は、お前に呪いを回収させたというわけさ。言うならば、俺がばらまいた蛇の呪いの、出所を突き止めるために」

蛇の総本山を。

一網打尽にするために。

貝木さんの言葉に、私は息を呑みます……、まさか私と同級生との仲違いの仲裁に、そんな壮大な意図が隠されていたなんて。

「洗人など、俺にとってはまるで関係のない蛇ではあるものの、行きがかり上、チームの指揮を執ることになったというわけさ」

関係あり過ぎでしょ。当事者ですよ。

指揮って……、私と……、斧乃木ちゃんの？　目視で窺うと、童女は無言で頷きました――いつの間にか、斧乃木ちゃんと目配せで以心伝心できるようになっちゃってますね。

それを踏まえても、変なチーム……。

詐欺師と法廷画家志望と死体人形って。

すごい劇場型詐欺をやらかしそう。

しかし、なるほど、哭奈ちゃんや寸志くんとの面会から、えらく長く、案件が放置されていると思っていましたが、その間、臥煙さんも遊んでいたわけではないようです。

一方では、私の回収した手がかりから、ターゲットのアジトを探り……、他方では、破門し、遁走した後輩を探し、交渉していたようです。

私が親とごちゃごちゃ揉めている間に……。

「チーム名は株式会社偽善社でどうだ」

「どこかで使った憶えがある」

詐欺集団の一味に組み込まないでください。

私が法廷画になっちゃいますよ……。

そして、何くれとなくお世話になっている臥煙さんの胸中を読むなんて、私の身の程を超えてますが、このチーム構成、頭領の意図を感じずにはいられません。

見習いの私は言うまでもなく、破門されている貝木さんをリーダーに据えて、そして現在、謹慎期間中で、片眼球を没収されている斧乃木ちゃんって……、いざというときにいつでも切り捨てられる、勿体なさ皆無の捨て駒チームそのものじゃないですか。

実体のないペーパーチームです。

普通、こういうときに結成されるのはドリームチームでしょうに、なんですか、このナイトメアチームは……、いくら強者に阿るのを得意技とする私でも、この傘下に入るのは、躊躇せざるを得ません。

詐欺師に媚びへつらうって、小悪党過ぎるでしょう、私。

そもそも、チーム名も、チーム構成も、さることながらですよ？

「いきなり言われても困るよ、貝木さん。私も暇じゃ——ものすごく暇なんだけれど、暇なりにスタートアップ計画を立てているんだから。今月中にネームを百五十ページ描こうと思ってるの」

「プランを破棄しろ。唾棄しろ」

「だ、唾棄しろは言い過ぎじゃない……？」

「第一、既にそうやって旅支度を終えておきながら、勿体ぶって値をつり上げようなどと、お前も俺から学んでいるじゃないか」

　へ？

　旅支度って……、あ、もしかして、このスーツケースを指していますか？　百五十枚では済まない私の、玉稿ならぬ石稿の詰まった、扇さん譲りのスーツケース……。

　そう言えば、最初に貝木さんは、死地に赴く準備とかなんとか、言っていたような？　トランクの中身が、キーとなったアレであることまでバレているとは思いませんが、てっきりあの言葉は、漫画業界へと一歩を踏み出した、私への当てこすりだと思っていたのですが……、旅支度？

「ああ。フライトは既に予約済みだ――沖縄、西表島へと飛ぶぞ。そここそが魑魅魍魎蠢く蛇の総本山、洗人迂路子の現在のアジトだ」

「お――沖縄？　西表島？」

「否。奴に言わせれば、表ならぬ、裏の島さ」

　わけのわからない台詞で締めにかかる貝木さんでしたが、ちょっと待ってください、フライトって、今から沖縄に飛ぶんですか？

「私、沖縄に行ったことがないどころか、飛行機に乗ったこともないよ？　初県外が沖縄？　沖縄ってあの沖縄？　怖い蛇がいるところ？」

「蛇取り名人の本領発揮だね。荒稼ぎの時間だ」

　と、斧乃木ちゃん。

　棒読みですが、意外と沖縄に浮足立っているのでしょうか。

「よかったね、撫公。初県外が沖縄なんて自慢できるよ――うみんちゅに」

「自慢できるわけないでしょ、うみんちゅは住んでるんだから。か、貝木さんは？　ぜんぜんイメージないし、リーダーって言うか、まるでツアーコンダクターみたいに落ち着き払っているけれど、沖縄県、行ったことあるの？」

「いいや」

貝木さんはゆっくりと首を振りました。

サングラスをかけつつ。

「実に奇遇だが、俺も沖縄県には、生まれてこのかた、一度として行ったことはない」

006

そんなわけで、我々株式会社偽善社は、突如、真冬の沖縄県の、しかも離島へと向かうことになりました——その先に待つのは、果たして毒蛇（ハブ）か、海蛇（エラブ）か⁉

そうそう、機内で貝木さんから（五百円で）教えてもらいましたけれど、なんと洗人迂路子の本名は、臥煙雨露湖（うろこ）というそうですよ？　なんでも臥煙伊豆湖（いずこ）さんの、許されざる娘さんなんですって。

表に出せない、裏話。

あとがき

言ってしまえば人生は後悔の連続で、『あーすればよかった』『こーすればよかった』という愚痴に満ちているわけですが、しかし本当に『あーすればよかった』のか、『こーすればよかった』のかなんて、とても定かではないと言うか、何をもって『よかった』とするかにもよりますけれど、そんなことを考えること自体が、既に相当、現在進行形で『よくない』ような気もします。『後悔なんてしなきゃよかった』というのが、実のところ、真理を突いているのでは？　しかし、それでは同じ失敗を繰り返してしまいそうで怖いですが、違う失敗を繰り返すのがそんなに偉いのかとも言えます。単に致命傷を負う危険性が増えているような気も……、失敗しても生き延びているというのは、ある種、普通に生き延びるよりも、成長に繋がるみたいな話だったりして？　もしも、本当に人生が後悔の連続なら、連続しているだけでもめっけものということでしょうか……、また後悔しているということは、また生き抜いたということ。終わったという台詞が言えるうちは、まだ終わっていない、なんて、完結後も含め、シリーズが十五年以上続いている言い訳にはなりません。

言うまでもなく本書の主題は、『後悔』と言うよりは『謝罪』なわけですが、これをふたつに分割すると、『謝』と『罪』、即ち、『謝ること』と『罪なこと』に区別されます。本文中では主に『怒り』と『謝り』が吊り合いをとっていましたが（不吊り合い?）、あるいはこちらのふたつも、同程度には吊り合いがとれているかもしれません。阿良々木くんの大学生編って、どんな感じになるのかなと、書きながらわくわくしていたのですが、結果、卒業したはずの高校時代の暗部が浮き上がって来るようで驚きです。阿良々木くんも阿良々木くんで、視野が広がったということなのでしょうか？　そんな感じで、あなたが深淵を覗いていても、深淵はそっぽを向いているかもしれない、第六話『おうぎライト』第七話『おうぎフライト』でした。撫子編のほうも佳境に入りますが、あっちはシンプルに明るく書きたいですね。

カバーイラストの扇ちゃん（くん?）は、学ランのスカートのハイブリッドです。素晴らしい。ＶＯＦＡＮさん、ありがとうございました。次回はいよいよモンスターシーズン『死物語（上）』『死物語（下）』。デストピア・ヴィルトゥオーゾ・スーサイドマスターの再登場ですし、久々に二冊同時刊行といきたいですね。

西尾維新

初 出　本作品は、書き下ろしです。

著者紹介

西尾維新（にしおいしん）

1981年生まれ。第23回メフィスト賞受賞作『クビキリサイクル』（講談社ノベルス）で2002年デビュー。同作に始まる「戯言（ざれごと）シリーズ」、初のアニメ化作品となった『化物語』（講談社BOX）に始まる〈物語〉シリーズなど、著作多数。

Illustration

VOFAN（ヴォーファン）

1980年生まれ。代表作に詩画集『Colorful Dreams』シリーズ（台湾・全力出版）がある。台湾版『ファミ通』で表紙を担当。2005年冬『ファウスト Vol.6』（講談社）で日本デビュー。2006年より本作〈物語〉シリーズのイラストを担当。

協力／AMANN CO., LTD.・全力出版

講談社BOX

KODANSHA BOX

扇物語（オウギモノガタリ）

定価はケースに表示してあります

2020年10月26日 第1刷発行
2023年10月16日 第2刷発行

著者 ―― 西尾維新（にしおいしん）

発行者 ― 髙橋明男

発行所 ― 株式会社講談社
東京都文京区音羽2-12-21　郵便番号 112-8001
編集 03-5395-3506
販売 03-5395-5817
業務 03-5395-3615

印刷所 ― TOPPAN株式会社

製本所 ― 株式会社若林製本工場

製函所 ― 株式会社ナルシマ

ISBN978-4-06-521158-8　N.D.C.913　244p　19cm

FIRST SEASON
[化物語(上・下)]
[傷物語]
[偽物語(上・下)]
[猫物語(黒)]

SECOND SEASON
[猫物語(白)]
[傾物語]
[花物語]
[囮物語]
[鬼物語]
[恋物語]

FINAL SEASON
[憑物語]
[暦物語]
[終物語(上・中・下)]
[続・終物語]

OFF SEASON
[愚物語]
[業物語]
[撫物語]
[結物語]

MONSTER SEASON
[忍物語]
[宵物語]
[余物語]
[扇物語]
[死物語(上・下)]

[戦物語]

西尾維新
NISIOISIN

Illustration VOFAN

KODANSHA BOX

西尾維新

NISIOISIN

Illustration / VOFAN

講談社

シリーズ好評既刊
1 美少年探偵団
きみだけに光かがやく暗黒星
2 ぺてん師と
空気男と美少年
3 屋根裏の美少年
4 押絵と旅する美少年
5 パノラマ島美談
6 D坂の美少年
7 美少年椅子
8 緑衣の美少年
9 美少年M
10 美少年蜥蜴【光編】
11 美少年蜥蜴【影編】
12 モルグ街の美少年
美少年探偵団
きみだけに光かがやく暗黒星
西尾維新
NISIOISIN
Illustration
キナコ
講談社タイガ

美少年探偵団
西尾維新がおくる、美しき名探偵にして強力なチーム。
Illustration
キナコ
講談社
タイガ

KODANSHA

漫画

新本格魔法少女りすか

KODANSHA